EDGAR WALLACE

VENTI MILIONI DI DOLLARI

CRESCERE Edizioni è un marchio di
EdiRem srl - Editrice Remainder
www.edizionicrescere.it
www.leggerebene.it

EDGAR WALLACE

VENTI MILIONI DI DOLLARI

A Debit Discharged © 1916

Versione integrale riveduta e corretta a cura di
Tina Alderighi Casati

Personaggi principali

Monsieur Trebolino	*Capo della polizia francese*
Villier Lecomte	*Funzionario di polizia*
Comstock Bell	*Un giovane in cerca della giustizia*
Wentworth Gold	*Solerte investigatore*
Verity Maple	*Una bella ragazza coinvolta*
Cornelius Helder	*Il cattivo*
Tom Maple	*Un falsario colmo di misteri*

Prologo

Nel pomeriggio del 4 Marzo 1913 monsieur Trebolino, capo del Dipartimento Investigativo francese, se ne stava seduto nel suo ufficio in atteggiamento pensoso. La sua grande sedia da scrivania era stata messa davanti al calore scoppiettante del camino a causa del freddo pungente della giornata, mentre Parigi era coperta da un manto di neve.

In quel momento la Francia stava trascorrendo un positivo periodo di amministrazione giudiziaria, per il quale era particolarmentc grata al genio di quell'Italiano che aveva scelto la nazionalità francese, anche con qualche profitto personale.

Le attività criminose seguivano i soliti binari, il mistero delle "Sette Banche" era stato risolto in maniera soddisfacente e monsieur Trebolino si stava godendo un periodo di riposo. Per lui era come sentirsi un conducente di autobus in vacanza. I piccoli incidenti, che normalmente venivano indirizzati all'attenzione dei suoi sottoposti, erano, nelle circostanze, abbastanza grandi da interessarlo e così un incidente stava impegnando il cervello inquieto dell'uomo, che, forse, più di tutti gli altri in quei tempi moderni, perseguiva in modo efficace il crimine.

Si allungò in avanti e premette un pulsante situato a fianco del camino e un assistente rispose alla chiamata.

- Mandatemi Lecomte - ordinò senza distogliere lo sguardo dalle fiamme guizzanti.

Dopo pochi momenti ci fu un battito alla porta e l'elegante Lecomte, destinato a raccogliere l'eredità del capo, entrò nella stanza.

- Monsieur Lecomte - esordì il celebre poliziotto alzando gli occhi con un sorriso di benvenuto - accomodatevi, prego. Avete mai sentito parlare di un certo "Circolo del Crimine" che esiste in Parigi?

Lecomte annuì.

- Roba divertente, quel “Circolo del Crimine”, non vi pare? - proseguì sorridendo Trebolino - ma non riesco a inquadrarlo nella mia mente e sono propenso a far sciogliere quell'associazione... gli studenti sono come il diavolo.

- Non si scioglierà da sola? - chiese Lecomte

L'altro atteggiò le labbra come se avesse valutato entrambe le possibilità e avesse già deciso quale scegliere.

- Che cosa ne sapete in proposito? - domandò.

- Nulla più di quanto ne sappiate voi - rispose Lecomte sporgendo le dita verso il fuoco. - Un certo numero di studenti si riuniscono, hanno solenni rituali, parole d'ordine, giuramenti, i consueti dispositivi di fratellanze mistiche, si incontrano in luoghi segreti ben conosciuti dalla Polizia con una settimana di anticipo.

Si lasciò sfuggire una risatina e Trebolino annuì.

- Ogni membro giura di infrangere qualche legge francese - proseguì Lecomte - ma così lontano hanno confinato le loro illegalità da infastidire solamente un povero gendarme.

- Lo hanno gettato nella Senna - commentò il capo.

- E due dei soccorritori a momenti ci lasciavano la pelle per tirarlo fuori - ridacchiò Lecomte. - Abbiamo sbattuto dentro i colpevoli per tre giorni e abbiamo affibbiato loro una multa di cento franchi a testa.

- Nient'altro?

- Nient'altro... per il momento i loro misfatti non sono mai andati al di là di spacconate goliardiche.

Il capo non si sentì soddisfatto.

- Penso che occorra mettere un limite alla loro follia - asserì - Io capisco gli studenti e comprendo anche il loro giovanile spirito di emulazione. Tra i membri c'è anche un certo Willetts?

Lecomte annuì.

- Questo Willets - proseguì il capo quasi scandendo le parole - è una specie d'artista; abita assieme a un altro giovane, Comstock

Bell, un americano.

- Abitava - lo corresse l'altro. - Il signor Bell è un uomo ricco che ama soddisfare i propri capricci, ma è anche un tipo che s'infastidisce ... e quel Willets alza troppo il gomito.

- Così si sono divisi? - commentò Trebolino battendosi i denti con l'anello. - Questo non mi è giunto all'orecchio. Ho sentito soltanto che cospirassero per farci una sorpresuccia. Avete compreso, caro amico? Nessun tormento verso un gendarme, niente orologi pubblici distrutti, ma qualcosa di più serio... ma una vera azione criminale, roba da adulti.

Si alzò di scatto.

- È ora di mettere fine a questo gioco... perbacco! Il Quartiere deve trovare altri svaghi. Mi piacciono i miei studentelli, sono dei bravi ragazzi, ma devono limitarsi a fare i disobbedienti e non i delinquenti. Pensateci voi, amico mio.

Lecomte lasciò l'ufficio sorridendo fra sé e sé, dal momento che era buon amico degli studenti, sovente mangiava con loro ed era sempre ben accolto nell'ambiente.

Quella sera stessa dopo aver lasciato l'ufficio si recò al "Caffè dei Selvaggi", un posticino allegro in sintonia con il nome pensò, dal momento che lì si riunivano a consumare la loro cena gli spiriti più selvaggi del Quartiere Latino.

- Benvenuto, signor procuratore! - venne salutato in coro.

Qualcuno gli fece spazio a una grande tavolata nel salone interno e un aitante giovane ripulì con una spazzata il suo posto. Lecomte lo squadrò con interesse particolare: era alto, prestante, con occhi che tendevano al grigio, in quel momento particolarmente vivaci.

- Siete arrivato giusto in tempo, mio caro poliziotto - annunciò con aria grave - per ascoltare un affascinante discorso sull'anarchia... e il nostro amico - rivolse la sua testa verso un giovane francese, tutto spettinato con la barba incolta - stava puntualizzando, proprio mentre voi stavate entrando, che l'assassinio di un poliziotto sia giustificato dal divino Aristotele.

- Io parteggio per gli Stoici - affermò Lecomte. - E voi?

- L'anarchia - declamò con fierezza il giovane barbuto - è l'ordine reale, la sola legge...

- E voi avete gli occhi rosa e il naso verde - lo interruppe il giovane esponente della Polizia versandosi un bicchiere di vino, senza comunque avere reazioni da parte dell'altro.

- Sono preparato a discutere tutto questo - proruppe l'altro, una volta spentasi la risata suscitata da quella sortita palesemente provocatoria - il mio amico Willets - e indicò un ragazzo appisolato con una faccia smagrita e biancastra - il mio amico Willets... - e proseguì infervorato nel suo elogio dell'anarchia adducendo a sostegno le esperienze del compagno.

- È anche amico vostro, signor Bell? - domandò il poliziotto abbassando la voce.

L'uomo alto aggrottò la fronte.

- Come? - domandò con freddezza.

Monsieur Lecomte si strinse nelle spalle.

- Siamo venuti a conoscenza di alcune cose - proseguì con aria noncurante - soprattutto inerenti al vostro "Circolo del Crimine".

Un'espressione ansiosa subentrò negli occhi di Comstock Bell.

- È stata una follia... - iniziò, poi tacque di botto e, nonostante gli sforzi di Lecomte, si rifiutò di riprendere l'argomento.

Soltanto una volta il famoso "Circolo del Crimine" rispuntò nella conversazione.

Una domanda maliziosa, fatta da uno degli studenti, s'intrufolò nella conversazione e il poliziotto scosse il capo con atteggiamento di rimprovero.

- No... non è morto. Ci vuole ben altro che un tuffo per far tirar le cuoia a un membro della Polizia municipale... dato che siamo venuti sul discorso, signori, io pretendo che voi poniate un limite, - riprendendo l'invito di Trebolino, - a questa vostra ormai notoria associazione!

- E poi!

Era la stridula voce del giovanotto indicato come Willets. Fino a quel momento, aveva dato l'impressione di dormicchiare senza il minimo interesse per quanto si stava svolgendo attorno.

Lecomte, osservandolo, aveva notato l'insano pallore del suo volto e il rossore anomalo degli zigomi, segni rivelatori del suo stato precario.

Si era risvegliato all'improvviso da quel torpore sonnolento. I suoi occhi ora erano ben aperti e vivaci.

- Poi, signori - esclamò in tono ironico - chiuderete la nostra piccola confraternita, ma essa saprà valorizzare il suo nome, le sue aspirazioni e il valore dei suoi eccezionali soci.

Lecomte ebbe l'impressione che Comstock Bell fosse impallidito e che i lineamenti del volto si fossero fatti più tirati.

- Ecco mister Bell - Willets si esibì in uno stravagante abbozzo di inchino verso l'altro e sarebbe ricaduto sul tavolo se il ragazzo dalle tendenze anarchiche non fosse provvidenzialmente intervenuto.

- Il signor Bell - proseguì Willets - è il grande Americano, capitalista e, fino a poco fa, onorato compagno in attività criminali. Ma siamo finiti ad essere in disaccordo. Il signor Bell è troppo perbene - un ghigno accompagnò la risata - un borghese, per Bacco, indifferente alla "gioia di vivere", la quale è patrimonio peculiare in ogni studente come si deve, e per di più è un codardo!

Sputò la parola che si propagò per tutto il tavolo. A causa delle sue bevute Willets diventava aggressivo, come tutti sapevano. Comstock Bell, non rispose, osservando attentamente l'altro.

- Noi... - Willets stava ricominciando quando un uomo entrò nel locale e, scrutando i volti degli avventori, individuò quello di Lecomte.

- Scusatemi un attimo, signori - disse il poliziotto alzandosi per incontrare il nuovo arrivato. I due cominciarono a parlottare a voce bassa, poi videro Lecomte rabbuiarsi, e udirono una mezza imprecazione e lo videro girarsi a metà. Continuò a parlottare, sottovoce, poi tornò alla tavolata.

- Signori - esordì con la voce impastata - questo pomeriggio, all'agenzia Cook's di Place de l'Opera, è stata cambiata una banconota inglese del valore di cinquanta sterline... quel biglietto era un falso!

Ci fu un silenzio di tomba.

- È stata incassata attraverso uno studente e sul retro del biglietto, in matita, spiccava la scritta "C.de.C." Non è un gioco questo, e chiedo al signore che ne è stato responsabile di presentarsi domattina presso il Comando di Polizia.

*****

L'indomani nessuno si presentò all'ufficio di Trebolino. Willets venne richiamato a Londra quella sera stessa e Comstock Bell se ne andò col medesimo treno.

Lecomte, senza che se ne accorgessero, li vide partire. Tre giorni dopo ricevette una banconota della Banca di Inghilterra, per un valore di cinquanta sterline, senza indicazione di nome o indirizzo, ma con allegato un biglietto dattiloscritto che diceva: "Come risarcimento ai signori Cook".

Lecomte riferì l'accaduto al suo capo e Trebolino annuì.

- Meglio! Non ci saranno scandali.

Depose il falso biglietto di banca nel suo archivio privato e alla fine si dimenticò del fatto.

Molti anni dopo il grande poliziotto venne ferito mortalmente mentre stava tentando di arrestare un anarchico e il suo successore, esaminando l'archivio, trovò una banconota da cinquanta sterline, palesemente contraffatta.

- La invierò alla Banca di Inghilterra - decise, e Lecomte, il quale avrebbe potuto spiegare le circostanze per le quali la banconota fosse in possesso di Trebolino, era in quei giorni fuori sede, a Lione.

Capitolo I
Helder parla a ruota libera

Da Terriers' si festeggiava la "Serata delle Dame" e la via di fronte al locale era strapiena di auto lussuose. Per Terriers' il locale più alla moda, la "Serata delle Dame" segnalava l'apertura della stagione, sebbene ci fosse qualcuno che, invano, immaginasse che il ballo della Duchessa di Gurdmore inaugurasse quell'intenso periodo di festività.

Il grande atrio a colonne non stava accogliendo i burberi "habitues" del club, altresì loro non erano lì per sostenere l'evento: c'era una parte dei frequentatori di Terriers' che maledicevano solennemente questa "Serata delle Dame", che significava per loro un fine settimana fatto di inconvenienti, un disturbo al trascorrere metodico delle loro vite, il termine dell'uso delle loro tessere all'interno delle sale di ristorazione e per giunta l'immissione di nuovi camerieri. Tuttavia era indubbio che si trattasse di un avvenimento del tutto speciale in quanto veniva onorato non soltanto dalla presenza della "crème" della società londinese, ma anche dalla partecipazione di uomini brillanti che, d'abitudine, non avevano né il tempo né la disponibilità di accettare l'ospitalità di Terriers'. Pioveva a dirotto ed era buio pesto quando Wentworth Gold salì i gradini di marmo del club e lentamente si fece largo fra la folla che gremiva l'atrio, raggiungendo come Dio volle il guardaroba per depositarvi cappello e cappotto, oltre alle inevitabili galosce. Wentworth Gold era un uomo dagli interessi non comuni: era di nazionalità americana, altezza media, sempre ben rasato, capelli con la scriminatura nel mezzo alla moda della "jeunesse doreé". Aveva sopracciglia ispide, un mento livido da rasatura e portava d'abitudine occhialini dietro i quali brillavano due intelligenti occhi grigi.

Non era bello ma era dotato di molto fascino: il tipico “brutto che piace” e tantissime donne si innamoravano facilmente di lui.

Era americano e ammetteva il suo peccato con un orgoglio che quasi sconfinava nell'arroganza.

Viveva in Inghilterra e amava quel Paese e i suoi abitanti. Lo affermava con una specie di benevola tolleranza che pareva quasi elargita per divertire delle povere creature alle quali il destino aveva negato il privilegio di nascere in una città esotica. Era immensamente popolare, poiché era in modo concreto un patriota e quello che si definisce un vero Americano. Suo nonno aveva gettato pietre, o qualcosa del genere, contro lord Cornwallis, durante la Guerra d'Indipendenza americana, e in questo terreno fertile nacque il suo patriottismo.

Comunque non sventolava bandierine a stelle e strisce, non portava la paglietta e neppure il suo sarto con l'aiuto di imbottiture e rinforzi vari, riusciva a conferirgli quelle spalle atletiche che sono il fascino distintivo dei giovani collegiali del suo Paese e che costituivano scherno a Parigi.

Solo in pochi sapevano quale fosse il lavoro del signor Gold. Oltre a giocare a bridge nei saloni del Terriers', un paio di volte alla settimana si presentava all'Ambasciata del suo Paese “per comunicazioni”.

A volte ciò avveniva alle tre del mattino e l'ambasciatore non esitava a riceverlo nella sua impeccabile tenuta da notte.

Una visita di questo tipo si verificò quando il presidente di una piccola ma vivace repubblica sudamericana decise di cimentarsi in un'azione di aggressione ai danni di un'altra minuscola, ma altrettanto bellicosa nazione confinante.

La cronologia della giornata in questione può essere così esposta:

ore 5.30 - Il Senor Gonso de Silva (segretario privato di Sua Eminenza, il presidente di Furiria) arriva al Carlton.

ore 17.30 - Arriva anche monsieur Dubec (agente della

Compagnia d'Artillerie Belgique) e si chiude in una riunione privatissima con il segretario.

ore 20.00 - Cena in una saletta privata.

ore 21.00 - Monsieur Dubec parte per il Continente.

ore 2.00 - Wentworth S. Gold arriva all'Ambasciata.

ore 5.00 - il Senor de Silva, oltremodo seccato, lascia Londra alla volta di Parigi.

ore 11.00 - L'ispettore Grayson e Wentworth Gold si incontrano per caso sull'Embankment del Tamigi e si strizzano l'occhio con aria solenne.

*****

Wentworth Gold era un ficcanaso di professione. Conoscere era la sua ricchezza e lui ne era un esperto; inoltre teneva esclusivamente per sé tutto quel bagaglio di informazioni in quanto non aveva né confidenti, né ufficio, né impiegati e neppure occupava una posizione ufficiale, benché nella tasca del gilè portasse sempre una piccola stella d'argento la quale non mancava di suscitare un effetto magico su certi individui. Pur essendo ammesso nella cerchia delle persone più in vista, a volte bazzicava le peggiori, e le sue fonti di informazione erano innumerevoli.

Tornò nell'atrio, salì l'ampia scalinata e si appoggiò alla balaustra per godersi lo spettacolo che si stendeva sotto i suoi occhi.

Vide l'ambasciatore spagnolo con la bella figlia e colse di sfuggita l'Incaricato d'Affari italiano; individuò la signora Granger Collak con il suo abituale seguito di giovani ammiratori e si chiese maliziosamente di quale dono straordinario fossero dotate certe donne che riuscivano a uscire imperturbabili da tempestosi divorzi per affrontare subito dopo, come se niente fosse, le occhiate sprezzanti di altre rappresentanti del gentil sesso.

Vide anche Comstock Bell e lo seguì con lo sguardo perché, proprio in quel periodo, il giovanotto lo interessava in maniera particolare.

Alto, con un bel profilo greco, le spalle ampie, troneggiava fra gli altri invitati. I baffetti neri contrastavano con la spruzzatina di grigio alle tempie che lo rendevano ancora più attraente. Inoltre il fatto di essere ricco e scapolo faceva sì che le donne se lo mangiassero con gli occhi.

Nonostante la giovane età c'era però una strana severità nel modo in cui l'americano ricambiava i saluti con rapidi cenni del capo e inoltre, attorno alla bocca e sulla fronte, si notavano delle rughe profonde alquanto inconsuete in una persona che aveva da poco festeggiato il trentesimo compleanno.

- Davvero curioso - commentò il signor Gold ad alta voce.

- Che cosa sarebbe curioso? - domandò qualcuno. Un uomo si era appoggiato alla balaustra al suo fianco.

- Salve, Helder - esclamò Gold. - Anche voi siete attratto da un simile spettacolo?

- Non saprei - rispose l'altro laconico. - Da una parte lo trovo interessante, dall'altra mi annoia. Comunque avete parlato di qualcosa di strano, potrei sapere di che cosa si tratta?

Gold sorrise, tolse gli occhialini dal panciotto, se li mise e scrutò l'interlocutore.

- Tutto è strano - rispose - la vita e tutti i suoi avvenimenti; il piacere e la ricerca del piacere; l'ambizione e la follia. Tutto ciò, giudicato da un normale punto di vista, è strano. Tuttavia, a onor del vero, non ho detto "strano" bensì "curioso": però il sinonimo è valido.

Anche l'altro individuo era inequivocabilmente americano: alto quanto Comstock Bell, evidenziava una costituzione più robusta; aveva l'aria del gaudente, con il volto pienotto, la bocca sensuale, la fronte stempiata e i capelli corti e riccioluti.

Cornelius Helder era un personaggio popolare a Londra, sempre pronto allo scherzo, fonte inesauribile di barzellette e di pettegolezzi di vario genere.

- Quale sarebbe il punto di vista normale? - domandò con un sorriso.

- Il punto di vista di un uomo che non è coinvolto - rispose Gold.

- Immagino che non sia il vostro caso - ribadì l'altro. - A voi interessa tutto... proprio l'altro giorno qualcuno mi ha riferito che siete più informato voi, su tutta la politica di questa vecchia Europa, di quanto non lo sia lo stesso ambasciatore americano.

Gold si astenne da qualsiasi commento e si voltò di nuovo verso la folla.

Quell'Helder non gli andava a genio e lui era uno che fondava le sue antipatie su basi solide.

Rimase zitto per tre minuti buoni, senza perdere d'occhio la folla degli invitati, una babele di rumori e di risate più o meno sommesse che lo raggiungevano. Una volta sentì menzionare anche il proprio nome e sorrise divertito poiché aveva l'udito fine, come molti purtroppo avevano imparato a loro spese.

- Avete visto Comstock Bell? - domandò all'improvviso Helder.

- Sì - rispose Gold senza sollevare gli occhi.

- Si direbbe preoccupato non vi pare?

Gold lanciò una rapida occhiata al suo interlocutore.

- Davvero? - si limitò a dire.

- Così mi è sembrato - ribadì Helder. - È alquanto strano che un uomo tanto giovane e ricco debba avere qualcosa di cui preoccuparsi.

- Casi simili non sono poi così inconsueti - replicò Gold.

Helder proseguì. - L'altro giorno stavo parlando con Villier Lecomte.

Gold era tutto orecchi. Intuì che questa non fosse la solita conversazione oziosa che l'incontro casuale aveva provocato. Helder lo aveva cercato, in separata sede, deliberatamente e aveva qualcosa da riferire, e quel qualcosa concerneva Comstock Bell.

- Stavate parlando con chi? - domandò in tono strascicato.

- Con Viller Lecomte. Voi lo conoscete suppongo?

Gold conosceva di certo Lecomte, era il capo del Reparto Investigativo di Parigi.

Non era esagerato affermare che Gold lo conoscesse così bene come se fosse suo fratello, ma c'erano molte ragioni per cui egli non dovesse rendere pubblica tale conoscenza.

- No - disse. - Non credo di conoscere il signore in questione, sebbene il nome mi sembri familiare.

- È il capo della Polizia parigina - illustrò Helder. - È arrivato qui l'altro ieri e ho avuto modo di incontrarlo.

- Interessante - commentò educatamente Gold. - Beh, e che cosa vi ha detto?

- Ha fatto un riferimento a Comstock Bell - rispose Helder guardando l'interlocutore diritto negli occhi.

- E di che cosa si è macchiato Comstock Bell per attirare l'attenzione del capo della Sureté... omicidio?

Helder continuò a fissarlo.

- Volete farmi intendere di non averne mai sentito parlare? - domandò.

- Ho sentito parlare di un sacco di cose - proseguì Gold - ma è interessante venire edotto su altre delle quali si è all'oscuro e spero che voi mi usiate tale cortesia.

- Ma - incalzò il più giovane - non sapete che Comstock Bell fosse un membro del "Circolo del Crimine"?

- "Circolo del Crimine"? Non so neppure di che cosa si tratti - scoppiò a ridere Gold.

Helder ebbe un attimo d'esitazione. Altri invitati si erano appoggiati alla balaustra per osservare il movimento sottostante.

- Correrò il rischio di farmi prendere per il naso - proseguì - perché a mio avviso non c'è molto che voi non sappiate. Molti anni fa, quando Bell si dedicava alla vita goliardica a Parigi assieme ad altri coetanei, teste calde quanto lui, diede vita a questo "Circolo del Crimine" i cui affiliati si erano impegnati a infrangere la legge in un modo o nell'altro. L'eventuale scoperta del reato avrebbe comportato un lungo periodo di detenzione per il colpevole.

- Che idea intelligente! - commentò Gold. - E quanti di questi bravi ragazzi sono stati impiccati?

- Nessuno, a quanto mi risulta. Tuttavia all'epoca la cosa aveva suscitato un piccolo scandalo, fino a provocare lo scioglimento della confraternita, forse in seguito all'arrivo di qualche genitore furibondo dall'America. Fortunatamente la maggior parte di quegli scapestrati aveva assunto nomi fittizi e l'unico vero crimine perpetrato è stato attribuito a un tale la cui identità non è mai stata scoperta.

- Non è detto che sia stato necessariamente il falsario - si lasciò sfuggire Gold. L'altro sorrise.

- Immaginavo che lo sapeste - commentò.

- Sapevo che avrebbe dovuto trattarsi di un reato di falso - puntualizzò Gold. - Sì, me ne sono ricordato proprio mentre stavate parlando: uno di quei giovinastri aveva contraffatto una banconota inglese per il valore di cinquanta sterline e l'aveva cambiata in Place de l'Opera. Adesso ho tutto perfettamente presente. Ma che cosa c'entra questo con Comstock Bell?

- Bah - rispose Helder con aria di noncuranza. - Per caso sono venuto a sapere che anche lui era membro del "Circolo del Crimine". E sempre per caso mi è arrivato all'orecchio che la Polizia francese, in merito al reato in questione, ha ristretto la cerchia dei sospetti a due soli uomini.

Gold si girò e lo guardò dritto negli occhi.

- Siete una persona oltremodo ciarliera - disse, e, se si fossero tenuti presenti la sua ben nota generosità, la gentilezza, l'indubbio "savoir faire" era palese un cenno offensivo nel suo tono. - E forse ora mi direte il nome degli indiziati, non è così?

L'altro ebbe un accenno di rossore sul volto.

- Pensavo che voi foste interessato - mormorò.

- Sono interessato, - riprese Gold, - dannatamente interessato; - chi era il criminale? -

- Uno era Comstock Bell - proclamò con aria di sfida.

- E l'altro?

- L'altro non lo conosco - rispose Helder - so soltanto che esercita la professione di intermediario qui in città, o qualcosa di simile.

- Siete una persona sorprendente - commentò Gold mentre prese a scendere i gradini per salutare con un cordiale sorriso un ometto sulla mezza età, dall'aspetto insignificante, che non ostentava alcuna decorazione, ma rappresentava novanta milioni di persone alla corte di St. James, la Corte Reale.

Comstock Bell aveva fatto il suo ingresso nel salone dei ricevimenti, alquanto infastidito a onor del vero. Quella sera non sarebbe voluto venire, ma senza dubbio la sua assenza avrebbe suscitato ogni sorta di chiacchiere. In effetti nel suo cuore albergava una paura che rasentava il panico: la vita aveva perso all'improvviso tutta la sua gioia e la sua dolcezza mentre una nube scura gli opprimeva l'anima.

Porse i suoi omaggi alla moglie del presidente del club, impegnata a ricevere gli ospiti mentre nella sala da biliardo era in corso un piacevole concerto. Stava per puntare in quella direzione quando qualcuno lo chiamò. Si voltò e vide lord Halingdale.

- Bell, siete proprio l'uomo che cercavo - annunziò accomiatandosi con una scusa dalla cerchia dei suoi titolati amici. - Parto il mese prossimo per una crociera nel Mediterraneo. Verrete con me?

Comstock Bell sorrise. - Spiacente, davvero spiacente, ma ho altri progetti.

- Lasciate la città?

- Sì, pensavo di recarmi negli Stati Uniti; mia madre non sta tanto bene in questo periodo e credo abbia piacere di vedermi.

Passò oltre. Quella scusa era stata inventata sui due piedi: in effetti sua madre era davvero invalida, ma per il momento lui non aveva alcuna intenzione di lasciare l'Inghilterra finché non avesse sistemato una certa faccenda una volta per tutte.

A passi lenti si diresse verso la sala da pranzo dove Tetrazzini stava avvincendo una numerosa folla. Il locale era gremito all'inverosimile, ma grazie alla notevole statura lui riusciva ugualmente a godere di una soddisfacente visuale.

- Uomo fortunato - mormorò qualcuno. L'americano si voltò.

I bellissimi occhi della signora Granger Collak stavano sorridendo con sfrontata ammirazione. Quella donna era un vero schianto, come molti uomini avevano scoperto a loro spese.

- Volete che vi sollevi? - domandò Comstock Bell nello stesso tono scherzoso. Era una delle poche persone che osava essere naturale con lei in pubblico e la donna nutriva una sincera ammirazione per quel giovane gigante che conosceva la sua vera natura e tuttavia non la condannava né mirava a una amicizia più intima.

- Vi pregherei invece di trovarmi un angolino tranquillo - rispose - dal momento che mi sto annoiando mortalmente.

Comstock Bell si allontanò dalla calca e la scortò in fondo al locale attiguo, vuoto, dove l'elegante signora si mise a sedere con un sospiro di sollievo.

- Comstock - disse - voglio che mi aiutiate.

- Potrei aiutarvi meglio - commentò lui con un sorriso di rimprovero - regalandovi una riproduzione incorniciata dei Dieci Comandamenti.

- Non siate banale, vi prego - implorò la signora - sapete benissimo che sono superiore a certe cose. Il fatto stesso che siano comandamenti e non richieste, mi spinge a infrangerli. No, voglio qualcosa di più concreto.

Gli occhi della donna incontrarono quelli del giovanotto e lei vi lesse una grande comprensione, sentimento che in quel momento cancellò qualsiasi altro suo problema personale.

- Non guardatemi così - lo redarguì bruscamente - non intendo essere commiserata. E non fatevi nessuna stupida idea sul mio conto, Comstock. Sono sul lastrico e sono disperata, ho bisogno di soldi per recarmi all'estero e restare fuori dal giro per qualche anno. Alcuni pensano che sia pazza a ripresentarmi in società dopo... dopo tutto quello che è successo, come ben sapete. Ma non sono in grado di andarmene; non ho più un soldo... e devo assolutamente sparire! Strinse convulsamente le mani e nei suoi occhi comparve uno sguardo di animale braccato. - Desidero sparire per alcuni anni... da sola, Comstock... e invece sono legata mani e piedi.

Qualcuno si stava avvicinando. Alzando lo sguardo, Comstock vide Helder il quale, con un sorrisetto malizioso sulle labbra, finse in modo ostentato di guardare da un'altra parte.

- Venite domani a Cadogan Square - annunciò alla signora Granger Collak - vi farò avere tutto ciò che desiderate.

La mano della donna stava tremando quando gli sfiorò il braccio.

- Voi... voi siete buono con me - disse con voce commossa. - Posso... posso ripagarvi in qualche modo?

Il giovanotto scosse il capo prima di lasciarla a uno dei suoi adoranti cavalieri e raggiunse il guardaroba per prelevare cappello e cappotto.

Vi trovò Gold impegnato nella stessa incombenza.

- Ve ne andate così presto, amico mio? - domandò questi. Bell scoppiò a ridere.

- Sì, trovo che questi trattenimenti abbiano un effetto deleterio sul mio umore; forse sto diventando vecchio. Ma, a quanto apre, anche voi avete la mia stessa intenzione - commentò.

- Affari... improrogabili impegni d'affari - si scusò Gold con un ulteriore sorriso. - Da che parte andate?

- Oh, non saprei - confessò Bell in tono vago.

- Quando i giovani come voi danno una simile risposta - disse Gold - di solito vanno alla perdizione. Sarà meglio che veniate con me.

Scoppiarono entrambi a ridere e, sempre ridendo, discesero i gradini che conducevano in strada: almeno un paio di occhi li osservarono sparire dietro l'angolo.

- Faremo quattro passi a piedi, se non vi dispiace - annunciò Gold. Non piove troppo forte e inoltre mi piace camminare sotto la pioggia.

- Anche a me - convenne l'altro.

Percorsero in silenzio Pall Mall finché non giunsero all'angolo di Hay Market. Adesso la pioggia aveva ripreso a cadere con notevole intensità.

Gold fermò un taxi. - Fleet Street - disse ad alta voce. Non avevano fatto molta strada quando cambiò parere.

- Conduceteci a Victoria Station - ordinò all'autista - passando per il parco.

- Nuovo programma? - domandò Bell.

- No - rispose l'altro con indifferenza - purtroppo però sono una persona così importante che un certo numero dei miei simili trascorre l'esistenza, che potrebbero passare in maniera più utile, nel pedinarmi. Non vi siete accorto che ci stanno seguendo?

- No - disse il giovanotto, dopo una pausa, con voce arrochita.

- Sto per chiedervi qualcosa, Bell - fece l'uomo più anziano mentre il taxi svoltò nel parco. - Conoscete un tale di nome Willets?

- Willets! - ripeté il giovanotto senza tradire la minima emozione.

- Sì, ha un ufficio nei pressi di Moorgate Street. Ufficialmente lavora come intermediario, anche se non ho mai sentito che abbia acquistato o venduto un'azione.

- Non lo conosco - tagliò corto Bell.

Seguì un'altra lunga pausa. Gold era proteso verso il finestrino e stava guardando fuori annuendo col capo a intervalli regolari come se stesse contando qualcosa.

- Credo che scenderò qui - annunciò all'improvviso bussando sul vetro per avvertire l'autista. Si trovarono nell'isola pedonale, che era completamente deserta tranne per le vetture che, in conformità ai regolamenti in vigore, procedevano lentamente in entrambi i sensi.

Il conducente frenò.

- Fareste meglio a proseguire in auto verso la vostra destinazione - disse Gold.

Bell annuì al buio.

- Ditegli di arrivare a Cadogan Square - lo pregò. - Tornerò a casa.

Sentì il compagno di viaggio impartire l'istruzione, dopo di che, prima che la vettura si rimettesse in moto, un uomo spuntò dalle tenebre e si fermò sul marciapiede.

- Siete Gold? - domandò sottovoce.

- In persona - fu la risposta.

- Vi aspettavate di incontrare qualcuno, non è vero? - chiese lo sconosciuto.

Il motore del taxi si era spento e l'autista era sceso per rimetterlo in moto. Bell non si forzò di ascoltare la conversazione, ma non poté esimersi dall'udirla.

- Davvero? - fu il commento di Gold.

- Lo sapete benissimo maledetto! - ringhiò la voce dello sconosciuto. - Beccatevi questo!

Uno sparo improvviso ruppe il silenzio della notte.

Bell balzò giù dall'auto. Gold era ritto sul bordo del marciapiede, illeso. Il suo aggressore ormai era una sagoma confusa che svanì nel buio a gambe levate.

- Un mio amico - commentò Gold con fare disinvolto, raccogliendo la pistola che lo sconosciuto aveva lasciato cadere.

Capitolo II
Ecco Verity Maple

Quella stessa sera alle undici Wentworth Gold entrò a Victoria Station e acquistò un biglietto di andata e ritorno di prima classe per Pecklam Rye, nel sud di Londra. Stava fumando un sigaro e avrebbe potuto essere scambiato per un medico di mezza età reduce da una puntatina in città.

Lentamente procedette lungo il marciapiede dove era già in attesa il treno, aprì lo sportello di un vagone di prima classe ed entrò. Si affacciò al finestrino aperto e cominciò a osservare il flusso dei passeggeri. Per quella sera non si aspettava altri inconvenienti, ma preferì non correre rischi.

Il treno uscì sferragliando e vibrando dalla stazione. Il vagone era vuoto, dal momento che non era ancora l'ora in cui gli abitanti della fascia periferica rientrano a casa e ebbe il tempo di rileggere una lettera che gli era pervenuta quella sera, prima di lasciare il suo appartamento.

Per due volte la rilesse con attenzione e, conoscendone ormai il contenuto a memoria, la strappò in mille pezzettini che buttò poco per volta fuori dal treno.

L'aggressione subita non l'aveva infastidito più di tanto, ma continuò a chiedersi perché l'uomo, che gli aveva promesso di incontrarsi con lui nel parco, non si fosse fatto vivo.

Raggiunse la sua destinazione, discese la lunga e male illuminata rampa di scale che conduceva nella piazza della stazione, svoltò a destra e, costeggiando lo spazio aperto di Peckham Rye, sbucò in Crystal Palace Road. Dopo poche decine di metri si fermò davanti a una villetta signorile, immersa nel buio, benché lui sapesse di essere atteso. Si accostò alla porta e cominciò a bussare piano e in meno che un minuto venne ad aprirgli una ragazza.

- Siete il signor Gold? - chiese con voce dolce.

- È la seconda volta stasera che mi fanno questa domanda - rispose l'americano con una risatina. - Spero che il fatto di confessare di corrispondere a tale identità non provochi da parte vostra la medesima reazione.

La giovane gli richiuse la porta alle spalle e lo aiutò a togliersi il cappotto.

- Che cosa vi è successo? - domandò la ragazza con una punta di ansia nella voce.

- Oh, nulla! - rispose Gold. - Almeno nulla più di quanto non meritassi. Come sta vostro zio?

La ragazza non rispose. Nel buio Gold percepì un leggero sospiro accorato e scosse il capo. Maple era un genio, pensò, e spesso il genio sconfina nella pazzia.

La giovane lo scortò attraverso un corridoio buio fino ad una piccola cucina. Dietro al tavolo era seduto un uomo, alto e magro, mal rasato, con il volto di un pallore malsano. Era quasi stravaccato sulla sedia, con le mani nelle tasche, lo sguardo vacuo fisso davanti a sé. Il tavolo era ingombro di tubi e provette, microscopi e apparecchiature scientifiche, sul cui uso Wentworth Gold era completamente ignaro.

Al suono battente della porta, l'uomo alzò lo sguardo, stupito e preoccupato nel medesimo tempo. Fu scosso da un tremito come se quel rumore, benché lieve, l'avesse disturbato e si portò alla bocca una mano tremante e non troppo pulita.

- Entrate - disse alzandosi a stento. Gold lo fissò con aria di rimprovero.

- Maple - esordì - credevo che mi aveste promesso... - Poi si ricordò della presenza della ragazza.

- Portagli una sedia, mia cara - la pregò Maple.

La ragazza obbedì. Era straordinariamente graziosa; Gold non l'aveva mai vista prima benché ne avesse sentito parlare. Il corpo ben fatto era avvolto in un grazioso abito di buon taglio. Il volto presentava lo strano pallore caratteristico di certe donne particolarmente belle; nonostante i capelli fossero di un vivido color rame, la linea sottile delle sopracciglia era così scura che, ad un esame superficiale, sarebbero potute sembrare tinte.

La forma del viso affascinò Gold, da buon intenditore qual era. Aveva letto di ragazze con volti ovali e perfetti, aveva conosciuto alcune delle bellezze più celebrate di Londra, ma nel viso di quella ragazza c'era qualcosa di etereo e di spirituale che non aveva mai trovato prima. I grandi occhi, di un azzurro che sconfinava nel grigio, le conferivano un'espressione di malinconia, la bocca era ben delineata e così pure il mento delicato. La giovane arrossì sotto quell'ammirato esame.

- Mi dispiace - si scusò Gold quasi in risposta ad un pensiero inespresso - ma vostro zio mi ha parlato così tanto di voi.

- Temo che mio zio parli di me molto più di quanto interessi alla gente - commentò la ragazza con un leggero sorriso. - Non si rende conto di quanto possa risultare noioso coinvolgendole con l'entusiasmo, altre persone.

La voce era calda e perfettamente modulata.

"Questa ragazza ha ricevuto un'ottima educazione" approvò Gold fra sé e sé.

Si voltò per incontrare il vago sorriso dell'uomo. C'era una sfida e un interrogativo in quel volto disfatto, nonché una punta di auto indulgenza. Soltanto da poco quella giovane, figlia di un fratello più anziano e suo unico parente al mondo era entrata nella sua vita, arrecandogli un'ondata di dolcezza che non aveva mai conosciuto, ed era quasi patetico vedere quella luce di gratitudine negli occhi acquosi. Gold annuì con aria rassicurante.

- Dunque, Maple - domandò, accostando la sedia al tavolo - immagino che abbiate reso partecipe anche vostra nipote al problema in questione, è così?

- Sì, le ho rivelato più o meno tutto - rispose l'altro - e potete avere fiducia in lei, signor Gold. - La voce aveva il timbro della persona educata in un buon collegio.

Sulla tavola spiccò un piccolo portafoglio, che aprì con mano tremante e dal quale estrasse una mazzetta di banconote. Si trattava di monete da cinque dollari, emesse dalla Zecca degli Stati Uniti d'America, che presentavano l'unica differenza, rispetto ai biglietti consueti, di essere chiazzati di verde, rosso e giallo, come se qualcuno si fosse divertito a farvi sopra degli esperimenti. L'uomo li distribuì sul tavolo: erano circa una ventina.

Gold li fisso accigliato.

- E voi sostenete che sono tutti falsi? - domandò. L'altro annuì.

- Ognuno di essi. Infatti manca il riconoscimento della Zecca... l'unico contrassegno che non si riesce a fotografare.

La conversazione si orientò sul suo argomento preferito: gli occhi brillavano di interesse e la stanchezza e il languore gli erano calati come un mantello. Inoltre stava discorrendo senza quella voce impastata che aveva contraddistinto la prima parte della conversazione.

- Ho capito - commentò Gold. - E che cosa mi dite dell'inchiostratura?

- Assolutamente perfetta - rispose Maple in tono ammirato. - Assolutamente perfetta. Ho eseguito tutte le possibili verifiche e sono arrivato alla conclusione che probabilmente questi biglietti sono stati stampati con dell'inchiostro fornito dal governo americano.

- Per quanto concerne il timbro ad acqua? domandò Gold.

- Anche quello va al di là di ogni critica. Dispongo di uno strumento capace di misurare la profondità della stampa e vi assicuro che tale operazione è stata eseguita in maniera perfetta. Inoltre vi dico una cosa, che probabilmente vi stupirà...

Picchiettò la banconota che aveva davanti a sé.

- L'uomo che ha contraffatto questo biglietto non ha avuto bisogno di ricorrere alla fotografia. Ognuno di questi soldi è inciso. Lo so perché... beh, lasciate perdere... lo so. I biglietti sono stati stampati grazie ad un'apparecchiatura appositamente costruita e la carta è identica a quella fornita dai tipografi governativi a Washington. Fissò i biglietti uno per uno, li ricompose nella mazzetta e li rimise nel portafoglio.

- È tutta una vita - commentò - che mi dedico con passione allo studio della contraffazione valutaria.

S'interruppe e la bocca prese a tremargli in maniera patetica. Poi, con visibile sforzo, riprese il controllo di sé.

- Ho lavorato nelle Zecche francesi e tedesche... dovrei lavorare ancora in Francia... - riprese con una smorfia - ma a causa... - Tacque di nuovo. - Vi assicuro, signor Gold - proseguì - che è possibile mettere in circolazione impunemente questa banconota, e non soltanto questa, ma anche quelle da cento dollari che ho esaminato.

- E non esiste la maniera di individuarle? - domandò Gold.

Maple scosse il capo. - Assolutamente no, finché non tornano alla Zecca, dove l'identificazione sarebbe immediata, non è possibile arrestare il flusso di questi soldi.

Gold scostò la sedia dal tavolo, con le mani cacciate in tasca, la testa bassa, assorto in profondi pensieri, e la ragazza che si era andata a sedere accanto al camino, lanciò un'occhiata allo zio.

Poi Gold alzò lo sguardo.

- Per fortuna i falsari non sono fiduciosi quanto voi - disse. - Stasera avevo predisposto di incontrarmi con uno dei miei uomini a Green Park, ma in qualche modo lo sono venuti a sapere. Lo hanno allontanato con non so quale pretesto e...

- E...? - domandò Maple dopo una breve pausa.

- Da allora non l'ho più visto - rispose Gold diplomaticamente.

Era preoccupato. Aveva sperato che quell'uomo, riconosciuto nell'ambiente della malavita come il miglior esponente di questa scienza particolare, avrebbe scoperto qualche semplice espediente per arrestare quel flusso di soldi falsi e individuare i biglietti contraffatti. Adesso, con crescente turbamento, si rese conto di quanto avesse fatto affidamento su Maple.

C'erano migliaia di quei biglietti in circolazione, forse centinaia di migliaia, tutti di piccolo taglio, tutti di così irrilevante valore che qualsiasi persona normale, alla quale fossero passati per le mani, non si sarebbe certo presa la briga di controllarne l'autenticità.

- Allora non si può proprio far niente - commentò alzandosi. Strinse la mano a Maple e si accomiatò sorridendo alla ragazza.

Fece per imboccare il corridoio quando Maple annunciò all'improvviso:

- Oh, stavo dimenticando di chiedervi una cosa, signor Gold. Conoscete un certo Cornelius Helder?

- Sì - rispose l'interpellato con un certo interesse.

- Me lo sono immaginato, trattandosi di un vostro compatriota - commentò Maple il quale, quasi parlando fra sé e sé, aggiunse: - Devo averlo incontrato da qualche parte.

- È un uomo molto conosciuto - rilevò Gold.

- Mia nipote ha ricevuto un'offerta da parte sua - proseguì Maple.

- Un'offerta di che tipo?

- Un posto di segretaria - rispose Maple.

Gold aggrottò la fronte. Era stata una reazione involontaria ma la ragazza e suo zio non mancarono di notarla. La mano di Maple andò alla bocca con un gesto nervoso, tipica e spiacevole caratteristica degli alcolizzati.

- Non è persona come si deve? - domandò l'uomo in tono ansioso. - Le ha offerto uno stipendio davvero molto ragguardevole.

- Come è venuto a sapere che vostra nipote desiderasse un simile impiego? - domandò il poliziotto.

Maple si appoggiò contro lo schienale della sedia. Stava ritornando la primitiva stanchezza. Ogni parola costituiva uno sforzo.

- Vi dispiacerebbe rimettervi a sedere, così ne potremo parlare? In effetti, si tratta di una serie di coincidenze. Mia nipote era la segretaria del vecchio lord Dellborough il quale, come sapete, è morto qualche giorno fa, e lei non intendeva cercarsi un altro posto in quanto io guadagno abbastanza per il fabbisogno di entrambi. Ma la settimana scorsa ha ricevuto la lettera di un'agenzia, benché non avesse mai lasciato il proprio nominativo presso i loro uffici, con la quale veniva informata della disponibilità del posto in questione.

- Non riesco a vedere la serie di coincidenze - commentò asciutto Gold.

- Non è una coincidenza il fatto che, nel momento stesso in cui ha lasciato un lavoro gliene venga offerto un altro da un'agenzia della quale non ha mai sentito parlare, per fare da segretaria a un signore che, credo di poter affermare, è vostro amico?

Occorre sottolineare che Wentworth Gold non credeva affatto a quell'entità eccentrica nota con la definizione di "Angelo del Fato" né catalogava nulla come pura coincidenza soprattutto quando, senza alcun particolare sforzo mentale, riusciva a vedere il modo in cui tale coincidenza era stata resa possibile.

Guardò la ragazza. Forse, in certi ambienti, si era venuto a sapere che fosse stata la segretaria di lord Dellborough: sarebbe stato facile affidare a una agenzia l'incarico di mettersi in contatto con lei. Era molto bella, pensò. A Londra Helder era noto tra le persone che parlottavano sottovoce di tali cose nei salotti per fumatori. Non esisteva altra spiegazione.

Ma quasi immediatamente gliene venne in mente una seconda, che gli parve la più probabile.

Studiò la ragazza con interesse e di nuovo notò la profonda luce degli occhi e la linea del mento ben modellato e volitivo.

"Questa ragazza è senza dubbio dotata di una forte personalità" pensò. "Segretaria di Helder... chissà?"

- Vi consiglierei di accettare - suggerì prima di estrarre un taccuino dalla tasca e scrivere qualcosa su un foglietto.

- Questo è il mio numero di telefono. C'è sempre qualcuno che risponde, giorno e notte - disse alla ragazza porgendoglielo. - Sarà meglio che non diciate a Helder che mi conoscete... e sarà meglio che mi riferiate quando farete la sua conoscenza.

Con questa frase sibillina si congedò.

Capitolo III
Tom Maple riceve dei visitatori

Crystal Palace era una strada infinitamente triste, nonostante la sua rispettabilità, con tutte quelle case uguali, arredate nel medesimo modo: tendine bianche alle finestre delle camere da letto, trine e merletti a quelle dei soggiorni, dietro le quali si intravedevano cupe tappezzerie.

Per Verity Maple, Crystal Palace Road rappresentava un triste risveglio da un bel sogno. In effetti neppure lei era certa di cosa si aspettasse dalla vita e ora era difficile dire se tali aspettative si sarebbero concretizzate qualora suo padre fosse vissuto più a lungo. George Maple, amante della bella vita e con i piedi sollevati da terra, per lungo tempo aveva guadagnato dodicimila sterline all'anno e ne aveva industriosamente spese quindicimila. Giunse un momento in cui le sue condizioni furono così disperate da non sapere da che parte girarsi; stava contemplando l'alternativa della bancarotta e del suicidio quando un autobus, provvidenziale, davanti al quale venne a trovarsi in un momento di distrazione, gli risolse il problema.

La figlia venne ricondotta in patria dal Belgio, dove studiava presso un collegio di suore e aveva trovato la casa del padre contesa da numerosi creditori i quali, dopo averle usato la cortesia di starsene buoni fino al termine delle esequie, erano ripartiti all'attacco per vedere di rimediare qualcosa.

Fu proprio mentre la povera Verity Maple si stava accingendo ad affrontare lo spinoso problema dell'immediato futuro, che sulla scena comparve Tom Maple. La ragazza aveva sentito parlare dello zio Tom e aveva ricevuto le sue lettere da diverse parti del mondo. Quell'uomo stravagante aveva la bizzarra abitudine di mutare nome con il cambiamento di domicilio, cosa che lei aveva sempre considerato una divertente eccentricità, senza un bisogno speciale di sondarne in maniera più approfondita le cause. Né suo padre le aveva fornito maggiori lumi, all'infuori che ripeterle di tanto in tanto che suo fratello Tom fosse un "tipo strambo".

E infatti risultò strambo, ma anche tanto dolce e gentile, come Verity ebbe modo di imparare con infinita gratitudine.

Assieme si sistemarono nella villetta di Crystal Palace e l'arredarono. Ben presto la ragazza scoprì la debolezza del congiunto però non le parve così grave, e presto si ritrovò a vivere in maniera più felice di quanto non si fosse aspettata date le circostanze e inoltre acquisì un nuovo, confortante senso di protezione, benché lo zio si dedicasse all'alcol ogni giorno di più.

Tom Maple era gentile, generoso, le dava quanto lei non aveva mai avuto prima: un'ampia disponibilità di denaro per le sue piccole spese. Quindi Verity non aveva un'effettiva necessità di mettersi a lavorare e si decise a farlo spinta più da un desiderio di indipendenza che da un vero bisogno, dalla speranza di riempire la vita con altri pensieri ed interessi e di allontanarsi dall'aria greve e triste di Crystal Palace Road.

Ben presto cominciò a interessarsi del lavoro di quel suo zio eccentrico: per ore se ne stava a guardare le sue mani sicure che intrecciavano linee di straordinaria delicatezza sulle lastre d'acciaio ammucchiate sul tavolo di cucina di fronte a lui. Tom Maple guadagnava grosse cifre collaborando a una ditta di incisori di cartamoneta che lo conoscevano abbastanza da apprezzare il suo lavoro più di quanto non condannassero la deprecabile abitudine di una vita.

Talvolta Verity trascorreva delle mezz'ore a fantasticare nel piccolo salottino, a chiedersi come sarebbe stata la sua vita se tutto avesse seguito il suo corso normale, se suo padre, la cui incosciente sventatezza era ormai costretta dolorosamente a riconoscere, avesse accontonato una parte dei suoi guadagni in modo tale da assicurarle un futuro senza problemi. Tristi, in maniera particolare, erano quei giorni d'inverno quando spirali di nebbia salivano dal Peckham Rye, avvolgendo la strada fino alle alte fronde dei rami, conferendo loro un aspetto surreale.

Anche la sera successiva alla visita del signor Gold, Verity se ne stava seduta nel salottino; era stata una giornata limpida, piena di sole e il tramonto si era tinto d'arancione e di zafferano. Seduta con un libro sulle ginocchia davanti alla finestra, sentì il passo leggero dello zio nel corridoio. Il rumore svanì, poi riprese come se l'uomo avesse avuto un ripensamento. La maniglia girò, l'uscio si aprì e l'uomo entrò. La ragazza sollevò lo sguardo.

- Hai bisogno di me, zio?

Il volto del congiunto era più pallido del solito e più accentuate le occhiaie scure attorno agli occhi. La guardò lungamente senza parlare, poi chiuse la porta e le si mise a sedere di fronte.

- Hai bisogno di qualcosa, zio?

L'uomo scosse il capo.

- Verity - cominciò in tono grave - ho pensato a te e mi sono chiesto se non devo o devo dirti qualcosa sul mio conto.

La giovane attese. Lui lanciò un'occhiata alla strada e sospirò, prima di guardarla di nuovo.

- Ho avuto una vita piuttosto bizzarra - esclamò.

Non c'era traccia del tremulo accento che caratterizzava la sua voce dopo una delle consuete bevute. Le labbra tuttavia gli tremavano un po' e così pure la mano che, di tanto in tanto, si portava alla bocca.

- Non sai niente sul mio conto, non è vero? - La ragazza scosse il capo sorridendo.

- So che sei mio zio - disse - lo zio più caro e gentile che una ragazza possa avere.

L'uomo si schermì con un vago cenno.

- Non devi farti un'opinione troppo buona sul mio conto - ribadì. - Non sono... forse non sono quello che credi. Non si può mai essere sicuri - mormorò.

- Sicuri di che cosa? - domandò la ragazza.

Tom Maple la fissò con un'espressione triste.

- Se mi dovesse succedere qualcosa - proseguì - voglio che tu ti metta in contatto con una persona qui a Londra. - Mise una mano nella tasca interna della giacca e ne estrasse un'agendina consunta, tenuta insieme da un elastico.

- E qui c'è qualcos'altro - continuò - l'altro giorno ti ho chiesto un campione della tua calligrafia facendoti apporre la firma su un pezzo di carta. Ho aperto un conto a tuo nome presso la London e North Western Bank. Non si tratta di una somma enorme - si affrettò a precisare vedendo lo sguardo di piacere e di sorpresa sul volto della ragazza - ma sarà sufficiente a consentirti di tirare avanti qualora mi succedesse qualcosa.

Ci fu una sfumatura d'apprensione nella voce della ragazza mentre gli chiese: - L'hai già detto due volte zio. Che cosa può succederti?

L'uomo si strinse nelle spalle quasi con rassegnazione.

- Non si può mai essere sicuri - ribadì.

Dall'agendina estrasse un libricino più piccolo, rilegato in cuoio, con il nome della banca impresso a caratteri dorati.

- Conservalo in un posto sicuro - la istruì porgendoglielo. Poi si alzò. - Uno di questi giorni vorrai sposarti, suppongo, non è vero?

La giovane scosse il capo con una risata.

- Invece succederà - insistette lo zio quasi divertito. - In un certo periodo della propria vita ogni ragazza scuote la testa esattamente come hai fatto tu, e tutte finiscono allo stesso modo.

L'uomo stette per uscire dalla stanza con un breve, nervoso cenno di commiato quando Verity si ricordò qualcosa.

- Zio - mormorò - non hai nominato il nome della persona con la quale dovrei mettermi in contatto.

Maple si fermò esitante, con la mano stretta attorno alla maniglia.

- Si chiama Comstock Bell. - Più tardi ti parlerò di lui.

Così dicendo scomparve e la ragazza lo osservò andarsene finché non sparì alla sua vista.

Cosa intendeva lo zio parlando di vita bizzarra? Ormai era abbastanza adulta per rendersi conto che quei mutamenti di nome, che un tempo l'avevano tanto divertita, avrebbero potuto e un uomo non è il signor Schmidt a Berlino e la settimana successiva diventa il signor Von Grafheim a Praga, a meno che non ci sia qualcosa di sospetto nella sua professione. Lei desiderò che l'avesse persuaso a parlarne, dicendole ogni cosa.

Diede un'occhiata all'orologio. Aveva un appuntamento alle sei. Si chiese che tipo di individuo fosse Cornelius Helder, in effetti era alquanto strano che le avesse chiesto di recarsi in Curzon Street perché non aveva avuto il tempo di programmare l'incontro nel suo ufficio. Comunque la ragazza era sempre disposta a trovare attenuanti per qualsiasi uomo d'affari e pertanto quel particolare non la disturbò granché.

Helder occupava un appartamento a Curzon Street 406. Il palazzo era di proprietà di un maggiordomo in pensione che aveva trovato diletto e profitto nel trasformarlo in una pensione di prima categoria. Forse "pensione" non era il termine più appropriato perché nessuno degli occupanti vi consumava altri pasti all'infuori della prima colazione e di qualche sporadica cena. Inoltre l'affitto era accessibile soltanto a persone che godevano di una rendita più che considerevole, categoria nella quale pareva che Helder rientrasse ampiamente.

Verity Maple venne scortata direttamente nel soggiorno, dove lo trovò seduto dietro una grande scrivania ingombra di bozze di stampa e riviste.

Al suo ingresso, dopo averla scrutata con attenzione, l'uomo si alzò e le porse la mano.

- Accomodatevi, signorina... hmm... - Tale esitazione era affettata in quanto conosceva perfettamente il nome della ragazza.

- Mi spiace avervi fatta venire fin qui, signorina Maple - le disse una volta edotto sulle generalità della giovane - ma in città ero oberato da un tale numero di impegni che mi hanno reso impossibile riceververvi.

Aveva il tono conciso e sbrigativo tipico dell'uomo d'affari, così convincente da mitigare in parte l'impressione negativa che Verity aveva avuto alla prima occhiata.

- Il lavoro che desidero svolgiate - proseguì Helder - è alquanto interessante. Parlate francese, non è vero?

- Sì - rispose la ragazza e lui annuì soddisfatto.

- Ho una partecipazione in un piccolo giornale della cui pubblicazione voi dovreste occuparvi - continuò. - Si tratta di una testata per il momento non ancora molto diffusa.

L'ampio sorriso che seguì stavolta non fu del tutto professionale e subito Verity ne rimase turbata. Per un certo tempo discussero sul problema del salario: lui si dimostrò ben disposto, addirittura ansioso di andare incontro a tutte le sue richieste, ulteriore indizio negativo dal punto di vista della ragazza la quale, non appena esaurito l'aspetto finanziario del colloquio, si alzò.

- Vi aspetto domani - disse Helder porgendole la mano e stringendogliela un po' più del necessario prima di scortarla alla porta. Verity Maple esaurì il suo primo colloquio col nuovo datore di lavoro non del tutto convinta sull'opportunità della scelta.

Qualsiasi persona che conoscesse Helder avrebbe potuto dirle cose che forse le avrebbero fatto cambiare radicalmente idea, ma l'unico uomo in grado di fornirle simili informazioni era Wentworth Gold il quale, già da una prima occhiata, l'aveva giudicata una ragazza capace di badare a se stessa. Inoltre Gold, era ansioso di venirne a sapere di più sul conto di Helder e Verity Maple avrebbe potuto andare benissimo allo scopo.

La ragazza era già a metà di Curzon Street quando sentì il suo nome pronunciato sottovoce. Si girò. Helder le si stava avvicinando a rapidi passi, un po' ansimante in quanto evidentemente poco avvezzo a qualsiasi tipo di attività fisica.

Un'espressione di disappunto si dipinse sul volto della ragazza ed Helder ne rimase infastidito. Come tutti gli uomini del suo ceto e posizione economica, era terribilmente vanitoso e ora, quando le rivolse di nuovo la parola, ci fu nella sua voce una nota di sussiego che comunque Vanity preferì al tono melenso e quasi confidenziale del loro commiato.

- Sto andando verso Oxford Street - annunciò senza preamboli. - Venite anche voi da quella parte?

Alla giovane sarebbe piaciuto dire di no, e in effetti non avrebbe mentito, ma era ansiosa di rimediare a quello sgarbato cenno di disappunto, per cui i due cominciarono a procedere fianco a fianco.

Subito l'uomo parve tornare al suo umore migliore: le confidò che stava per entrare nel settore nautico e cominciò a magnificarle infervorato la bellezza di un nuovo scafo che era in procinto di acquistare. Si trattava di una vera e propria meraviglia nel suo genere e il relativo prezzo, che lui buttò lì con noncuranza, fece girare la testa alla ragazza, non certo avvezza a cifre così fantasmagoriche.

Helder aveva l'abitudine di parlare di denaro, denaro su larga scala; cifre che quasi esulavano dalla comprensione di Verity. Successivamente le accennò, sempre in maniera indistinta, di svariati progetti finanziari che rientravano nei suoi programmi futuri.

Verity lo lasciò in Oxford Street e tirò un piccolo sospiro di sollievo accorgendosi che il suo invadente principale aveva accettato di buona grazia il suo commiato.

Helder rimase impressionato dalla bellezza della ragazza; mai si sarebbe aspettato una figurino così straordinario, lineamenti tanto raffinati. Sarebbe andata bene per due scopi, pensò, senza immaginare neppure lontanamente che la presenza di quella giovane avrebbe finito col mandare in aria i suoi piani e apportare un drastico mutamento nella sua vita. In effetti aveva compiuto l'errore tipico di molti altri individui: quello di visualizzare soltanto l'aspetto marginale di una situazione.

La seguì con lo sguardo finché lei non si perse fra la folla, poi fermò un taxi e si fece condurre al club.

Verity continuò a piedi e sbrigò alcune commissioni che le presero più tempo di quanto non avesse previsto. Quando arrivò a Victoria Station, il suo treno era già ripartito. Tuttavia in quell'orario il servizio era molto frequente e non avrebbe dovuto aspettare a lungo.

Si avvicinò all'edicola e, per ingannare il tempo, osservò i titoli delle ultime edizioni quando un uomo la urtò all'improvviso. Si voltò di scatto, si tolse il cappello in cenno di scusa, poi si chinò a raccogliere il pacchetto che, nell'urto, era caduto di mano alla ragazza.

Lei vide un uomo alto, di piacevole aspetto, con degli occhi alquanto tristi, lui vide una giovane talmente bella che per un attimo rimase ammutolito.

- Mi dispiace terribilmente - le disse porgendole il pacchetto e abbozzando un sorriso prima di allontanarsi fra la folla.

Questo fu il primo incontro di Verity Maple con Comstock Bell.

Sempre per ingannare l'attesa, la ragazza entrò nel bar per rifocillarsi con una tazza di tè e, quando ne uscì, si accorse con disappunto che anche il treno successivo era partito. Diede un'occhiata all'orologio: in effetti non c'era alcun motivo per cui dovesse rientrare a Peckham di buon'ora, ragion per cui si avviò verso Marble Arch e trascorse piacevolmente un'oretta a vedere un film in una sala cinematografica.

Erano le nove quando fece ritorno a Peckham: il cielo era greve di nuvole e stava scendendo una pioggerellina intermittente. Ad un angolo di Crystal Palace notò un uomo sotto un lampione, proprio di fronte all'emporio; non vide il volto e neppure lui vide il suo, dal momento che le volgeva le spalle.

Raggiunse casa sua e mentre stava inserendo la chiave nella toppa udì delle voci. Non era consuetudine che lo zio ricevesse delle visite a quell'ora tarda, ragion per cui si ritrasse esitante. Le voci si fecero più concitate e Verity ebbe l'impressione che una di esse, particolarmente dura, stesse minacciando lo zio.

Davanti al villino c'era un giardinetto con tre folte siepi di lauro. Udendo scattare la serratura dell'ingresso, la ragazza vi si nascose dietro. In realtà tale comportamento fu del tutto immotivato ma, chissà perché, non se la sentì di rivelare la sua presenza.

La porta venne aperta e Tom Maple uscì a capo scoperto. Con lui c'erano due individui, uno basso e tozzo, l'altro alto e magro. Il più basso stava fumando un sigaro parlando con un accento che ne tradiva l'origine americana.

- Avete capito - disse con aria minacciosa. Maple replicò a voce bassa.

- Allora siamo a posto - continuò l'altro con voce rude. - Sono sicuro che a nessuno da queste parti interessi ciò che avete fatto o quello che siete. Voglio che vi comportiate da bravo ragazzo - proseguì quasi scherzoso. - Sta a voi rimediare a qualsiasi guaio che abbiate già fatto. Lui sa... - Con il capo accennò in direzione del Rye.

- Perché non viene di persona? - biascicò Maple.

L'altro scoppiò a ridere.

- Perché non intende comparire in questa faccenda. Inoltre non vivete da solo, non è vero.

La ragazza rimase ad ascoltare perplessa. Suo zio si astenne da qualsiasi risposta.

- Avrete qualcosa da spiegare - si inserì l'uomo basso e tozzo - se vi metterete ancora contro di noi.

In quella voce ci fu una minaccia inequivocabile.

- Siamo impegnati in una grossa impresa - proseguì - e né un uomo né venti si frapporranno fra noi e il successo. Avete inteso?

Tom Maple annuì. Seguì una breve pausa, poi l'altro sconosciuto domandò all'improvviso: - Dov'è?

- Sta aspettando in fondo all'isolato.

Per chissà quale motivo l'uomo più alto non aveva ancora preso parte alla conversazione. Verity suppose che si trattasse di uno straniero con scarsa dimestichezza della lingua e ciò, in seguito, si rivelò un'acuta supposizione.

- Volete incontrarlo? - propose l'uomo tozzo. Tom Maple scosse il capo.

- No - rispose con amarezza - so benissimo che c'è.

Con queste parole il gruppetto si sciolse. Tom Maple osservò i due attraversare il cancelletto, poi girò sui tacchi e rientrò in casa, tirandosi dietro l'uscio.

La ragazza era preoccupata. Che cosa significava tutto ciò? Chi era quel misterioso "lui" che non intendeva farsi vedere... forse perché anche lei viveva in quella casa? Dopo una breve esitazione, decise di seguire i due uomini. Non erano andati lontano e stavano procedendo molto lentamente. Una volta arrivati in fondo alla strada, l'uomo che era rimasto sotto il lampione andò loro incontro.

Era Helder.

Verity si allontanò a passi veloci, sperando che il riconoscimento non fosse stato reciproco. Con il cuore in tumulto vide che il terzetto si era messo in moto. Accelerò il passo, attraversò la strada e si avviò verso Forest Hill. Con grande sollievo si accorse che quegli uomini non l'avevano seguita bensì avevano puntato nella direzione opposta. Attese che fossero scomparsi dietro l'angolo, poi tornò verso casa.

Lo zio era in cucina, davanti al tavolo. Quando entrò, la salutò con un sorrisetto nervoso. Le labbra gli stavano tremando leggermente e la mano si muoveva verso la bocca con più frequenza di quanto fosse sua abitudine nei momenti di sobrietà.

La ragazza giudicò opportuno non accennare alla scena di cui era stata testimone e cominciò ad affaccendarsi per preparare la cena. Tom Maple sembrò essere in un altro mondo: immobile, continuò a fissare la parete con sguardo vacuo.

Quando la nipote rientrò con il vassoio, alzò gli occhi di scatto.

- Verity - le disse - lo farò, qualsiasi cosa succeda.

Lei aspettò che dicesse qualcosa di più, rendendosi conto di essere sul punto di venire a conoscenza di importanti rivelazioni.

- Quelli credono di ricattarmi - farfugliò quasi fra sé e sé - Pensano di spingermi a fare quello che vogliono, ma riceveranno una bella lezione... una bella lezione!

Verity rimase silenziosa per tutto il pasto. Quando si alzò per uscire dalla stanzetta, lo zio la fissò con espressione strana.

- Non dimenticare l'uomo di cui ti ho parlato - le disse.

- Comstock Bell? - domandò la ragazza.

- Comstock Bell - fu la risposta.

Capitolo IV
Un messaggio per il signor Helder

Cornelius Helder era una contraddizione vivente e a Gold non piacevano le contraddizioni. "Un uomo o è una cosa o è l'altra" era una delle sue massime preferite. "E la mia esperienza mi dice che generalmente è l'altra".

Secondo il tranciante metodo di valutazione di Gold era impossibile conciliare il *bon garçon*, l'uomo pieno di gioia di vivere, amante degli agi, dagli aneddoti brillanti e gusti lussuosi, a confronto con i rivoluzionari manifesti delle ribellioni "*rosse*" indirizzati alle deboli e degenerate monarchie che dominavano incerte l'Europa.

- Potrebbe trattarsi di semplice affettazione, Vostra Eccellenza - disse Gold - una posa... a certi uomini piace assumere pose eccentriche.

Gold era nello studio dell'ambasciatore americano.

- Ormai quell'Helder non può più permettersi certe sconsideratezze giovanili - commentò sarcastico Sua Eccellenza. - La sua insalata comincia a puzzare d'aceto.

Gold sorrise. Aveva in mano un giornale, una pubblicazione di otto pagine, quattro delle quali stampate in lingua straniera. Il titolo dell'editoriale era l'*Informatore Rosso* ed Helder non faceva mistero del fatto d'esserne il finanziatore e l'artefice.

- Devo confessare - proseguì l'ambasciatore - che comincio a stancarmi di tutte le teste calde che continua a spedirci il nostro amato Paese. Comunque non mi sarei mai aspettato che un individuo come Helder, che non esiterei a definire un "uomo tranquillo", possa simpatizzare per gli anarchici.

- In questo numero non sembra esserci niente di particolarmente oltraggioso - commentò Gold.

- E neppure in nessuno degli altri, finora - puntualizzò Sua Eccellenza. Gold stava esaminando l'articolo di fondo, stampato in russo, con caratteri tali da fornire l'impressione che qualche bambino si fosse divertito a girare le lettere a testa in giù.

- È proprio qui il lato pazzesco di questa storia - commentò irritato l'ambasciatore. - In teoria il giornale dovrebbe essere diffuso segretamente fra i simpatizzanti di sinistra. Per Helder non farebbe differenza sperperare i suoi soldi nella diffusione di edizioni speciali delle poesie di Walt Whitman.

Gold stava aspettando che l'ambasciatore gli spiegasse il motivo per cui era stato convocato con tanta urgenza. Erano mesi che leggeva quel giornale, sin dalla sua prima apparizione avvenuta due anni prima. Tutti erano al corrente della sua esistenza, come di quella del *Times* o del *New York American*.

Per un po' andarono avanti a parlare in termini generici, poi, vedendo che l'ambasciatore non accennò a spiegazioni di sorta, il poliziotto domandò a bruciapelo: - Che cosa vi preoccupa particolarmente in questo numero dell'*Informatore Rosso*?

Sua Eccellenza si strofinò le mani e appoggiò la schiena contro l'imbottitura della poltrona.

- Conoscete bene Helder - spiegò. - L'altra sera, al ricevimento da Terriers', mi ha comunicato che voi siete l'unico americano a Londra per il quale nutra rispetto e fiducia.

L'abbozzo di un sorriso si dipinse agli angoli della bocca di Gold.

- Diffido di Helder - commentò - quando sbrodola.

- Può darsi che abbiate ragione, ma voglio che lo mettiate alla prova: chiedetegli di soprassedere alla pubblicazione di questo dannato giornale. È inviso anche al governo britannico... accidenti, in fondo quel piantagrane del nostro connazionale ha importato una piccola colonia di russi in un pacifico e inoffensivo paesino dello Shropshire, con grande scandalo del sindaco e del clero locale. - Sorrise debolmente. - Sta sventolando la sua innocua bandiera con tutta la pompa e la risonanza che di solito accompagnano la preparazione di un colpo di stato. Quelli del Servizio Segreto sono molto seccati in proposito e quasi si aspettano che quella testa calda se ne venga fuori da un momento all'altro con qualche bel suggerimento per una strage di massa. Se ciò si verificasse, è chiaro che non avranno pietà: sapete bene del direttore di quel giornale italiano che aveva caldeggiato l'assassinio del suo re, è stato condannato a due anni di prigione... e non voglio che qualcosa di simile accada a un uomo nella posizione di Helder.

- Vedrò quello che posso fare - disse Gold.

Da Park Lane raggiunse direttamente Terriers'. Helder non era ancora arrivato. Vide Comstock Bell che stava mangiando in solitudine a un tavolo accanto alla finestra e, attraversato il locale, decise di sistemarsi di fronte a lui.

Il giovanotto aveva una brutta cera e la mano destra bendata.

- Salve - disse Gold. - Che cosa vi è successo?

- Nulla - rispose conciso l'altro. - Mi sono chiuso la mano in una porta e credo di essermi rotto un dito.

- Mi spiace - commentò Gold.

- Nulla di preoccupante - ribadì Bell. - Soltanto che è noioso mangiare con la sinistra ed essere costretto a ricorrere alla macchina da scrivere per sbrigare la corrispondenza. Ma che cosa mi dite di voi?

- Di me? - ripeté Gold.

- Siete così abituato a essere aggredito nel parco che vi siete già dimenticato quanto è accaduto ieri sera?

Gold fece una smorfia.

- Ricordo benissimo. - Poi dirottò la conversazione verso argomenti più generici. Alla fine del pasto, mentre stavano bevendo il caffè, sembrò avere un ripensamento.

- Statemi a sentire, Comstock , caro ragazzo - esclamò. - Vi parlerò a carte scoperte: l'uomo che mi si è fatto incontro ieri sera era armato delle peggiori intenzioni.

- Mi sorprendete - commentò Bell ironico. - Pensavo fosse venuto per scortarvi a Buckingham Palace.

- Non c'è da scherzare - lo zittì Gold. - Avevo ricevuto una lettera in cui mi si diceva che avrei dovuto incontrarmi ieri sera nell'isola pedonale con uno dei miei uomini. Talvolta - proseguì a voce più bassa - è essenziale che sappia cosa sta facendo certa gente: è il mio mestiere. Il mio uomo mi ha annunciato che ci saremmo trovati fra il terzo e il quarto lampione della pedonale. Evidentemente qualcuno lo ha seguito fino al luogo dell'abboccamento, poi due individui, qualificatisi come poliziotti di Sua Maestà, lo hanno arrestato per vagabondaggio e il mio informatore, cittadino rispettoso della legge, non desiderando ulteriori guai, li ha seguiti senza opporre resistenza. Dopo vario peregrinare, è stato infilato in un taxi e abbandonato dalle parti di Hamstead Heat.

Seguì una risatina.

- E quale ulteriore mossa intelligente da parte loro - continuò - hanno lasciato un gentiluomo a sistemare i conti con me...

- Il vostro amico - sorrise Bell.

- Il mio amico - ripeté l'altro. - Adesso vi prego di scusarmi.

Con la coda dell'occhio aveva visto Helder affacciarsi per un attimo sulla soglia della sala da pranzo.

- Anche quello è un vostro amico?

Dalla voce di Comstock Bell trapelò una studiata noncuranza.

- No... è solo uno stimolo per la mia insaziabile curiosità - rispose Gold il quale, accomiatandosi con un cenno del capo, attraversò la stanza e passò nel salone attiguo, riservato ai fumatori.

Helder, che stava sfogliando un giornale illustrato, alzò lo sguardo vedendolo avvicinarsi.

- Desideravo incontrarvi, mio caro anarchico - disse Gold. Helder scoppiò a ridere.

- Devo essere deportato? - domandò facendo posto sul divano di fianco a sé - oppure sto per essere accusato di alto tradimento?

- Nulla di così eroico - rispose seccamente Gold. - Rischiate soltanto di dar fastidio in alto loco. L'altro giorno, per caso, mi sono intrattenuto con l'ambasciatore del nostro Paese e costui, sapendo che esercito una certa influenza sui miei giovani e sprovveduti compatrioti, mi ha chiesto di riferirvi che, finché proseguirete sul vostro peccaminoso cammino, potete scordarvi di essere invitato all'Ambasciata.

Un rossore imbarazzato si diffuse sul volto di Helder, a cominciare dalla fronte stempiata fino a infiammare le guance.

- Quindi voi sareste il piccolo messaggero del grande democratico? - commentò con un ghigno. - Tuttavia mi sarei aspettato quanto meno di ricevere una simile, spiacevole notizia dall'ambasciatore in persona.

Era la prima volta che Helder si rivelò in questa luce e Gold rimase fortemente colpito. Davanti a lui c'era una persona nuova, insospettata. Ogni traccia di mondanità era scomparsa dal suo atteggiamento e i contorni morbidi della bocca si erano fatti duri e tirati. Una curiosa contraddizione, disse Gold a se stesso.

Helder aveva lavorato duro per acquisire l'attuale posizione in società. Il padre aveva lasciato a quel figliolo, con giovanili velleità artistiche, soltanto una modesta rendita, a malapena sufficiente per sopravvivere in maniera decorosa. Non potendo più permettersi di frequentare i corsi di incisione e bulino a Parigi, il giovanotto si era messo a lavorare a Londra occupandosi di Borsa e si diceva che avesse accumulato una piccola fortuna quando le azioni della Southern Pacifics salirono alle stelle. E non si voltò più indietro.

Era stato una lotta, ma lo era stato ancora di più farsi accettare nella cerchia selezionata degli "americani che contano" in una città snob come Londra. Inutile dire che, in tale contesto, Comstock Bell rappresentava la punta di diamante, e ora che, dopo tanta fatica, era riuscito ad approdare "lassù", ecco pendere sul suo capo la minaccia di essere bandito da quella cerchia sociale a cui aveva tanto aspirato, per venir relegato fra la massa degli arrampicatori, dei "quasi arrivati".

Helder fissò Gold con sguardo bieco.

- Mi appello al mio diritto di cittadinanza - ringhiò - secondo il quale ho diritto a comportarmi come meglio mi aggradi, di programmare la mia esistenza in qualsiasi maniera purché conforme alla legge e alla morale vigente. In questa ottica, nell'*Informatore Rosso* non è stato pubblicato nulla che possa considerarsi offensivo.

- Allora non c'è nulla che ne giustifichi l'esistenza - incalzò Gold.

- È il vostro cinismo che è offensivo, Gold.

Cornelius Helder schizzò in piedi.

- Non credo abbia senso proseguire una simile conversazione.

Gold annuì. - In effetti è del tutto inutile - convenne. - Oh, per Giove... - aggiunse cominciando a frugarsi nelle tasche. - Mi ero ripromesso di spedire un regalo di compleanno a un mio nipote del New Jersey.

Tirò fuori il portafoglio e lo aprì. Quello che pensava di trovarci non c'era.

- Avete dei soldi? - domandò. - Valuta americana. Mi servono venti dollari.

Nel frattempo anche Comstock Bell fece il suo ingresso nel locale e le ultime parole di Gold erano indirizzate a tutti i presenti.

Helder scosse il capo.

- Venti dollari?

Bell si intromise nel dialogo.

- Dovrei averli io - affermò infilando una mano nella tasca posteriore ed estraendo un portafoglio che subito aprì per prelevare la somma richiesta.

Porse le banconote a Gold mentre il terzo uomo li osservò dappresso.

Vide Gold contare l'equivalente inglese nel palmo dell'altro, gettare un'occhiata ai soldi e poi esclamare:

- Mio Dio! - esclamò e Cornelius Helder lo vide incupirsi.

Capitolo V
Comstock Bell si prepara

Gold fissò il giovanotto per un minuto buono.

- Che cosa vi succede? - domandò Bell.

- Nulla - rispose l'interlocutore seccamente.

Senza aggiungere altro, si voltò e lasciò la stanza. Comstock Bell rimase a fissarlo perplesso finché non fu scomparso oltre la soglia.

- Che cosa gli sarà preso? - domandò a Helder.

Il suo atteggiamento verso il connazionale era di gentile indifferenza; in altre circostanze non gli avrebbe chiesto alcunché.

- Ne so quanto voi, signor Bell - rispose Helder. - Forse oggi il signor Gold non è dell'umore consueto; proprio adesso mi ha fatto una predica sulle mie simpatie anarchiche.

Sorrise con fare accattivante, cercando di dare un seguito alla conversazione.

Bell ignorò l'invito.

- Perché gli avete detto - domandò - che non avevate soldi americani?

Prima di pranzo aveva incontrato Helder ed era sorta una piccola discussione in merito all'immagine di Washington su una banconota da cinque dollari. Avevano raffrontato il biglietto con un altro di proprietà di Bell, ed Helder li aveva portati vicino alla finestra per esaminarli meglio.

- L'ho fatto? - si sorprese Helder. - Avevo proprio dimenticato di averli e inoltre non sempre sono dell'umore giusto col vecchio Gold.

Bell non commentò e proprio mentre stava per andarsene il connazionale lo trattenne.

- Sentite, signor Bell, volevo domandarvi qualcosa. Conoscete un tale di nome Willetts?

- No - replicò brusco Bell.

- E non ne avete mai sentito parlare?

- Non mi pare proprio. Perché?

Helder si strinse nelle spalle.

- Oh, niente di importante - continuò - ma se aveste un po' di tempo libero desidererei parlarvi.

- Di quel tale? - domandò cupo Bell.

- Sì, e di altre cose.

Comstock Bell esitò.

- In settimana, uno di questi giorni passerò nel vostro ufficio - disse in tono perentorio.

Uscì dal club, attraversò Pall Mall e cominciò a passeggiare senza meta attraverso il parco.

Era una luminosa giornata di primavera; gli alberi ostentavano le loro frondose chiome mentre i narcisi e i non-ti-scordar-di-me facevano capolino fra l'erba alta e ondeggiavano ritmicamente alla brezza. Era una giornata in cui i cuori degli uomini si imbevevano della medesima gioia della natura mentre le loro menti venivano arricchite di splendide fantasie. Ma in Bell quel vigore primaverile non suscitò alcuna risposta nel suo cuore. Aveva ideato un piano, un piano terribile, andava ripetendo a se stesso, ma l'avrebbe condotto fino in fondo, chiunque ne avesse patito... e anche lui non ne avrebbe sofferto di meno. Avrebbe messo fine a quell'angoscia che gli appesantiva l'animo.

Si trattava di un piano studiato in ogni dettaglio, non aveva lasciato nulla al caso. Giorno dopo giorno, nella solitudine del suo studio, ne aveva elaborato lo schema, mettendo a punto i vari dettagli e bruciando gli appunti subito dopo averli perfezionati e memorizzati.

- Chiunque ne avrà a soffrire... - ripeteva a se stesso con espressione cupa.

Raggiunse il Victoria Memorial e attraversò la strada, continuando la passeggiata verso Constitution Hill. Gli mancava soltanto una cosa, l' ultimo anello di questa catena altrimenti perfetta: doveva trovarsi un complice. L'avrebbe ricompensato a dovere. Aveva pensato a Gold, ma scartò subito tale idea come impossibile.

Si accorse di attrarre su di sé qualche occhiata durante la passeggiata. A causa della fasciatura nera che gli avvolgeva la mano destra. Più di uno sguardo di compassione venne rivolto nella sua direzione e ciò non mancò di farlo sorridere. Sorrideva, nonostante fosse infastidito con quell'Helder e ancora di più con se stesso.

Il successo dell'impresa sarebbe dipeso interamente dal complice. Aveva già vagliato ogni possibile candidato. Vantava un sacco di amici, ma avrebbero retto alla prova? Ne dubitava.

Helder? Bell aveva un'idea del tutto particolare sulla dirittura morale di quell'individuo. Riteneva che avrebbe fatto qualsiasi cosa per denaro, forse anche troppo. Sarebbe arrivato a vendere se stesso, e successivamente anche chi avesse avuto fiducia in lui. Helder era da scartare nella maniera più assoluta.

Era tanto assorto nelle sue elucubrazioni che si era dimenticato di Gold, della sua esclamazione di sorpresa e di quel congedo così brusco.

E questo pensiero gli attraversò ancora la mente, quando il personaggio in questione gli inviò un cenno di saluto, sporgendosi dal finestrino di un taxi. Gold balzò giù dalla vettura, pagò il conducente e attraversò la strada per raggiungerlo.

- Vi ho seguito dal club - annunciò. - Ho intenzione di parlarvi.

- A quanto pare oggi tutti hanno intenzione di parlarmi - commentò Bell con un certo sarcasmo. - Comunque stavo pensando proprio a voi.

- Dove possiamo andare? - domandò Gold.

- Addentriamoci nel parco - arrivò la risposta.

I due lasciarono il viale principale e imboccarono una stradina deserta che attraversava un'ampia distesa erbosa.

- Andrò dritto al dunque - disse Gold. - Immagino vi siate chiesto che cosa mi abbia sconvolto e perché me ne sia andato.

- Un po' mi sono meravigliato - confessò Bell.

- Beh, non è il caso che vi preoccupiate. Avevo urgenza di telefonare a qualcuno per avere la conferma dei miei sospetti. Sospetti confermati.

Bell interruppe la camminata e fissò l'altro.

- Due di quelle banconote da cinque dollari che mi avete consegnato erano false.

- False!

- Proprio così - ribadì Gold. - Due delle molte migliaia attualmente in circolazione. Dove le avete prese?

- Le ho cambiate per fare un piacere a un tale, un signore conosciuto al Savoy, che era appena arrivato dall'America e non disponeva ancora di valuta inglese. Aveva bisogno di un biglietto da cinque dollari per non so che cosa; faceva parte della compagnia con la quale stavo cenando e mi è sembrato cortese fargli un favore.

Gli occhi di Gold lo scrutarono valutandolo.

- È la verità?

- Che cosa intendete dire? - domandò l'altro con crescente risentimento. - Perché mai dovrei mentirvi?

In quel medesimo istante Comstock Bell ricordò come quei biglietti di banca erano venuti in suo possesso. C'era di mezzo Helder, il quale, con il pretesto di verificarne la stampa, li aveva sostituiti con esemplari falsi; ma proprio nello stesso tempo gli balenò un'altra idea: gli si era presentata un'opportunità favorevolissima per assicurarsi la riuscita del suo piano.

- Allora volete dirmi il nome di quell'individuo? - incalzò Gold.

- Willetts - rispose Comstock Bell quasi sillabando.

- Willetts? Ma se proprio ieri sera mi avete affermato di non averlo mai conosciuto!

- Non avevo associato la persona di cui parlavate con l'individuo incontrato al Savoy - rispose prontamente Bell.

Gold scosse il capo.

- È tutto quanto desideravo sapere - affermò. - Troverò quel Willetts e, quando ciò sarà avvenuto, sono certo che mi libererò di un sacco di problemi.

- E ancor più ne toglierete a me - commentò il giovane.

Parlò a bassa voce, come rivolto a se stesso, con tono sincero.

Gold non perse tempo. Dopo aver lasciato Bell a completare la passeggiata raggiunse velocemente l'uscita del parco che si affacciava su Piccadilly e trovò un taxi che, in meno di mezz'ora, lo portò nel cuore della City.

Si fece lasciare all'altezza di Threadneedle Street e, dopo un itinerario rapido ma tortuoso, raggiunse Little Painter Street, una viuzza su cui si affacciavano vecchi stabili, attualmente adibiti a uffici, e su una delle porte trovò l'insegna "Harold S. Willets, Intermediario".

Gold raggiunse il terzo piano, in fondo al quale comparve la stessa scritta. Bussò alla porta ma non gli arrivò risposta. Provò a girare la maniglia ma era bloccata. La scosse con cautela ma non ci fu risposta.

Discese di nuovo le scale. Per informazioni si rivolse al portiere che abitava al piano terra. - No - rispose l'uomo - il signor Willetts non c'è.

- E per quando lo aspettate?

Il portiere non si rivelò molto loquace. Molti anni di esperienza nel settore gli avevano insegnato che, quando un inquilino è assente, non desidera che i suoi spostamenti vengano rivelati a degli sconosciuti.

- Beh, signore - rispose in tono vago - non lo aspetto finché non lo vedo. Gold si mise la mano in tasca e ne estrasse una sterlina.

- So di recarvi disturbo - spiegò in tono gentile - e di farvi perdere del tempo, ma è proprio necessario che sappia dove trovare il signor Willetts perché ho urgente bisogno di parlargli.

Il portiere accettò il denaro giustificando il suo comportamento con i tempi difficili che tutto il Paese stava attraversando e, messo di buon umore da quella improvvisa ricchezza, aprì lo scomparto segreto della sua mente che recava l'etichetta “Willetts”.

A onor del vero, le informazioni che, in tutta coscienza, era in grado di fornire, valevano forse meno di un quarto della somma ricevuta.

- Non ho mai visto il signore in questione se non a tarda ora - confessò. - In effetti non lavora molto qui, si serve dell'ufficio soprattutto per il recapito della corrispondenza.

- Da quanto tempo?

- Due anni o forse più - rispose il portiere. - Trascorre la maggior parte del tempo o in campagna o in America.

- È americano? - domandò Gold.

- Questo non saprei dirvelo, signore - si scusò l'altro - so soltanto che paga regolarmente l'affitto di questo ufficio. Se volete vederlo, ve lo mostro.

Si trattava di un locale piccolo e ordinato, arredato con semplicità, dove spiccavano una scrivania a ribaltina, una poltrona, una sedia a sdraio e delle pubblicazioni di finanza.

Gold prese uno di quei volumi dallo scaffale. Si trattava di un Annuario di Borsa che risaliva a due anni prima. Lo aprì: dalla rigidità della copertina e dalle pagine immacolate era palese che il proprietario non aveva avuto molto bisogno di esaminarne il contenuto. E lo stesso valeva anche per gli altri testi.

- È una scrivania del tutto particolare - commentò Gold compiaciuto.

Il portiere, che non era dotato di immaginazione, vedeva soltanto una semplice scrivania a ribaltina, come era normale trovare in decine di altri uffici. Ma venti scellini richiedevano di essere gentile, e così convenne che si trattasse proprio di un mobile particolare, anche se non riusciva a capire che cosa avesse di tanto singolare.

- Una scrivania davvero curiosa - ribadì Gold. - Anch'io ne ho posseduta una simile. Purtroppo questi modelli non si addicono a un uomo d'affari - commentò con quel tono confidenziale che sovente aveva finito per sconcertare molti dei suoi interlocutori, anche fra i più intelligenti.

- Perché, sono pericolose? - domandò il portiere incuriosito.

- State a vedere - disse Gold prima di estrarre dalla tasca un mazzo di chiavi, sceglierne una e inserirla nella serratura per poi ruotarla prima a destra, poi a sinistra: il lucchetto scattò immediatamente.

- Come vedete, tutti sono in grado di aprirle - commentò Gold e, a conferma della sua asserzione, fece slittare la ribaltina verso l'alto. Sul pianale c'era soltanto un tampone di carta assorbente, una bottiglia di inchiostro e una penna alla cui estremità luccicava un pennino evidentemente mai usato.

- Un altro svantaggio - proseguì Gold amichevolmente - è che se estraete questo cassetto e quello e l'altro ancora sulla destra - e così dicendo fece seguire l'azione alle parole - è impossibile tirar fuori gli altri.

Tuttavia il portiere, novello San Tommaso, volle verificare di persona: tirò un cassetto sulla sinistra che uscì senza difficoltà.

- Credo proprio che vi sbagliate, signore - affermò con un sorriso trionfante, quasi per confermare il proprio acume.

Fece la riprova con un altro cassetto: anche questo uscì... come pure il terzo. E sempre senza problemi.

Gold apparve sconcertato.

- Beh, in qualche caso succede - confessò. - Diciamo che, in questo contesto particolare, mi sono sbagliato.

Richiuse i cassetti e abbassò la ribaltina. Là dentro non esisteva alcun tipo di carteggio. Adesso sapeva tutto ciò che desiderava sapere: non esisteva il minimo indizio dell'attività lavorativa del signor Willetts. L'ufficio era un vicolo cieco. Qualsiasi fosse la sua professione, e Gold fece una buona supposizione, non la esercitava certo in quel locale.

- Con quale frequenza si fa vedere da queste parti? - domandò scendendo le scale.

- Almeno una volta al mese.

- In qualche giorno particolare?

- Nossignore, non c'è un giorno specifico.

- Che tipo di uomo è?

- Beh, per quello che posso dire è un tipo tenebroso, leggermente curvo.

- Alto?

- Altezza media, direi. Almeno così mi è parso quando l'ho incontrato sulle scale.

- E la voce?

- Beh, adesso che mi viene in mente, ha un accento straniero... quasi una cantilena alla francese.

- Avete idea di dove posso trovarlo?

- Assolutamente no, signore.

- Se le capiterà di vederlo, riferitegli della mia visita.

- Che nome devo dire, signore?

- Comstock Bell - rispose Gold.

Un'ombra di sospetto si dipinse sul volto dell'uomo.

- Voi non siete il signor Comstock Bell - affermò.

Gold sorrise. - Avrei dovuto dire che mi manda il signor Comstock Bell - si affrettò a puntualizzare. - Ma come fate a sapere che non sono il signor Bell?

- Perché il signor Bell è venuto qui di persona soltanto due giorni fa per vedere il signor Willetts - fu la risposta del portiere.

Capitolo VI
Comstock Bell cambia idea

Comstock Bell abitava in un palazzo di Cadogan Square.

L'austerità del mobilio, che aveva acquisito assieme all'immobile, era bilanciata dalla bellezza dei quadri che adornavano la sua stanza. Se avesse seguito una moda, questa sarebbe stata rappresentata da un'estrema avversione per i canoni convenzionali delle collezioni. A casa sua non esistevano opere di antichi maestri, ad eccezione di una Vergine di Riberia Espanoleto, proveniente da un altare spagnolo, il cui massimo fascino, come soleva dire Comstock Bell, era costituito dalla dubbia autenticità. L'abitazione vantava invece numerosissimi esemplari di scuola moderna, di notevole bellezza, dei quali amava circondarsi in quanto profondamente amante della pittura e artista lui stesso. Questo costituiva un lato caratteristico della sua personalità. Un critico cinico, che ebbe a visionare la sua collezione, commentò che l'epitaffio di Bell avrebbe dovuto essere "È stato gentile verso gli artisti". Alle pareti si trovavano anche sue opere in quanto, da giovane, aveva studiato sotto la guida di Gallier e in quel piccolo studio fuori mano, dalle parti di Pont Neuf, isolato dalla Parigi artistica, aveva acquisito un po' del genio del maestro.

Bell arrivò a casa verso le sei e si diresse subito nello studio, un ampio locale sul retro del palazzo, l'unico che avesse provveduto ad ammobiliare lui stesso. C'era una dozzina di lettere che lo aspettavano. Le aprì come meglio avrebbe potuto con l'unica mano disponibile. Per la maggior parte si trattò di inviti; in un angolo della stanza c'era una macchina da scrivere nuova di zecca, un modello portatile. Bell la fissò un attimo con espressione distratta, poi suonò il campanello.

Comparve un domestico.

- Ho ordinato che mi facessero un timbro di gomma - disse.

- Sì, signore, è appena arrivato un pacchetto dalla cartoleria - annunciò e poco dopo tornò con l'involucro in questione. Estrasse una scatoletta di legno chiusa da due lucchetti le cui chiavi erano fissate con un nastro adesivo alla maniglia di ottone della medesima.

- Apritela - ordinò Bell.

L'uomo obbedì. All'interno c'era un piccolo timbro di gomma e un tampone per l'inchiostro. Si trattava di un'esatta riproduzione della sua firma. Un timbro, che apposto in calce a un assegno, avrebbe fatto fede. Così aveva predisposto con la sua banca, anche se il direttore non aveva mancato di fargli rilevare i possibili rischi.

Bell rimise a posto il timbro, chiuse la scatola e si mise le chiavi nella tasca del giubbotto.

Il domestico se ne stava andando quando Bell lo richiamò.

- Parker - gli disse - fra poche settimane lascerò l'Inghilterra e desidero che voi continuiate a occuparvi della casa, ho predisposto che il vostro salario vi venga corrisposto con regolarità e, in un secondo tempo, vi farò pervenire altre istruzioni.

- Rimarrete lontano per molto? - domandò il domestico. Bell esitò, accarezzandosi i baffi con aria assorta.

- Forse... alcuni anni - rispose.

- Benissimo, signore.

Se Bell avesse detto che sarebbe rimasto assente per il resto della vita, il commento non sarebbe stato diverso.

L'americano si portò dalla parte opposta del locale e si mise a guardare dalla finestra. Il servitore fece per andarsene.

- Aspettate un attimo, Parker - lo trattenne il padrone - vi annuncio che sto per sposarmi.

Era fatta; un esordio meno difficile del previsto. - Sto per sposarmi - ripeté con un tono di voce più alto.

- Posso congratularmi con voi, signore, con tutto il rispetto? - disse Parker con una punta di tristezza.

Comstock Bell si volse accennando un sorriso.

- Non dovete preoccuparvi per la vostra posizione - lo rassicurò. - Per voi, il mio nuovo stato non comporterà alcuna differenza. Andremo all'estero... mia moglie ed io.

Seguì un attimo di silenzio.

- Se posso permettermi tanta confidenza, signore - proseguì Parker - potrei sapere se conosco la signora?

- Probabilmente - le sue labbra si contrassero - è un piacere farvela conoscere e lo stesso discorso vale per me.

Cambiò improvvisamente argomento.

- Aspetto la signora Granger Collak fra un'ora. Fatela passare immediatamente.

Parker si congedò con un inchino.

Bell si avvicinò alla finestra.

I suoi pensieri erano concentrati sulla signora Granger Collak, una delle donne più in vista di Londra, alta, bella, dai lineamenti delicati: il volto di un angelo e la moralità di Caterina de' Medici.

Gettò un'occhiata alla stanza e, nonostante tutto, si sorprese a sorridere. Quella persona avrebbe messo sottosopra tutta la casa, non badando certo a spese. Con ogni probabilità la gente avrebbe riso alle sue spalle, ma certo nessun accenno di scandalo avrebbe raggiunto quella fragile, minuta signora del New England che lui chiamava mamma, la quale avrebbe accettato Grace Granger, magari dopo un iniziale momento di sconcerto.

E inoltre la signora Granger Collak era una donna intelligente e discreta. Sapeva tenere a bada la lingua, come avevano avuto modo di appurare anche certi principi del Foro in occasione di un recente processo in cui era stata coinvolta e che aveva tenuto col fiato sospeso tutta Londra.

A quella donna piaceva viaggiare, aveva bisogno di soldi e ormai aveva dato fondo a quasi tutto il suo patrimonio. Avrebbe potuto benissimo diventare la moglie di Comstock Bell così come lo era stata del signor Granger Collak. Lui le avrebbe chiesto soltanto di tenere il suo nome fuori dal fango e, istintivamente, era certo che lei non sarebbe venuta meno alle sue aspettative.

Alle sei precise Parker introdusse nello studio la signora in questione la quale indossava un abito di taglio impeccabile ma molto austero. Tuttavia la sua bellezza non ne risentiva benché, di norma, venisse maggiormente valorizzata da tessuti più eterei e colori più caldi.

Comstock Bell giudicò tale abbigliamento, come un atto di rispetto nei suoi confronti e ne rimase divertito.

- Sedetevi, prego - la invitò accostando una poltrona alla scrivania in modo che il colloquio si svolgesse faccia a faccia.

- Allora, qual è il vostro problema?

- Quale ne è la portata, vorrete dire... - scherzò la bella signora. - Immagino che la soluzione consista nel mettere assieme più o meno tremila sterline. Potrei cavarmela con meno - aggiunse guardandolo dritto negli occhi - e comunque aborrisco dall'idea di chiedervi un solo centesimo.

Bell aprì un cassetto dello scrittoio e ne estrasse un libretto degli assegni. Con la mano bendata ne staccò uno.

- Compilatelo - la invitò porgendoglielo attraverso la scrivania. - Fate in modo che sia pagabile al portatore.

Fu in quel preciso momento che la signora Granger Collak si rese conto dell'infermità del suo benefattore.

- Vi siete fatto male? - gli domandò preoccupata.

- Non è nulla - rispose Bell porgendole una penna. Poi, da un altro cassetto, tirò fuori la scatoletta di legno e la aprì. Con molta cura inchiostrò il timbro e quando lei ebbe finito di compilare l'assegno, ve lo appose come fosse una firma.

- Così potrete incassare senza problemi - commentò. - E ora vorrei parlarvi. La donna ripose l'assegno nell'elegante borsetta, si appoggiò allo schienale della poltrona e incrociò le mani in grembo.

- Non pensate che mi aspetti un consiglio per un corrispettivo di tremila sterline - continuò con un sorriso. - Non intendo parlarvi per il vostro bene... ma per il mio.

Con espressione assorta, appoggiò il mento sulle mani. - Intendo sposarmi - annunciò.

- Sono felice di apprenderlo - commentò la donna con una risatina. - E chi sarebbe la fortunata mortale?

- Non lo so - rispose Comstock Bell.

Lei si chinò in avanti, visibilmente perplessa.

- Non lo sapete? Mio caro Comstock, state forse dando fuori di testa? L'uomo scosse il capo.

- Niente di tutto ciò - intervenne brusco. - Sono soltanto indeciso e intendevo chiedervi...

Tacque. Qualcosa gli aveva imbrigliato la lingua; una voce più forte di quella della coscienza, più insistente di qualsiasi necessità contingente gli stava urlando: "No!".

- Allora? - incalzò la donna.

- Oh, ci sarebbe qualcuno... - fece lui con aria vaga.

- Non volete dirmene il nome?

- No... in effetti preferisco tacervelo.

La signora Granger Collak si riappoggiò allo schienale della poltrona e scoppiò a ridere... una risata schietta e cristallina.

- Per essere una persona così terribile - commentò alla fine - siete proprio timido. Coraggio, ditemi di chi si tratta, Comstock. Conosco tutte le donne di Londra fino al più profondo delle loro sciocche anime. Ditemi chi è e vi farò sapere se è degna di voi.

- Non credo di conoscerla - si decise a confessare Bell, alzandosi con aria impacciata.

Anche la donna si alzò, facendo le spallucce e porgendogli la mano.

- Stavate per dirmelo, poi avete avuto paura - disse con occhi ammiccanti. Ma ridivenne subito seria vedendo il volto pallido dell'interlocutore. Il suo istinto di donna le chiarì subito che quell'uomo stava soffrendo.

- Mi dispiace - aggiunse in tono dolce - credo che sia ora di andarmene. Vi sono grata, Comstock.

Egli arrestò i suoi ringraziamenti con gesto.

- Lasciate perdere - disse. - Fra un giorno o due mi farò vivo.

- Lasciate subito la città?

- No, rimarrò a Londra fino alla fine della settimana. L'americano le aprì la porta.

- Arrivederci e grazie - ripeté la signora Granger Collak.

- “Au revoir” - la salutò Comstock. - Magari mi farò sentire domani, quando avrò messo assieme un po' più di coraggio.

La donna ripensò a quelle parole mentre fece ritorno al suo appartamento di Knightsbridge, ma non riuscì a capire il motivo di tanto mistero.

Nel frattempo Bell si accinse a trascorrere da solo il resto della serata.

Si fece servire una leggera cena nello studio e, dopo che il cameriere ebbe portato via il vassoio, chiuse la porta a chiave. Parker, passandovi davanti, percepì l'inequivocabile ticchettio della macchina da scrivere.

Alle nove Bell aprì di nuovo la porta, salì in camera sua e chiamò Parker.

- Dove sono gli altri domestici? - domandò.

- C'è soltanto Thomas giù in cucina, signore.

- Ditegli di rimanere finché non suono: nel frattempo desidero che vi rechiate a Charring Cross per chiedere a che ora arriva la posta dal Continente.

- Potrei telefonare, signore.

- Andateci, ho detto - lo zittì Bell con impazienza. - Non mi fido delle informazioni date per telefono. Se avrò bisogno di Thomas, chiamerò. Qualora fossi uscito, al vostro ritorno informatene il club e non aspettatemi alzato.

Attese che Parker uscisse di casa, poi cominciò a cambiarsi in fretta. Da un armadio chiuso a chiave tirò fuori un abito alquanto consunto e lo indossò. Un cappello floscio e un impermeabile scuro completavano l'abbigliamento. Da un cassetto estrasse una grossa mazzetta di banconote e se la mise in tasca. Con cura ripose nell'armadio l'abito che aveva precedentemente indossato, poi, scendendo le scale senza fare rumore, raggiunse l'ingresso e sbucò in strada.

Qualsiasi indecisione che avrebbe potuto mostrare quel pomeriggio era in quel momento scomparsa. Evitando le strade più frequentate, fece un giro che lo portò a King's Road, nel quartiere di Chelsea, dove sbucò in una stretta via che terminava sulla riva del Tamigi.

Aveva cominciato a piovigginare. Il fiume scuro era gonfio e avvolto dalla nebbia, fra le cui spire si scorgevano le luci verdi e rosse di un rimorchiatore.

L'americano continuò a camminare finché non raggiunse uno stretto passaggio fra due moli, e discese una decina di ripidi gradini scivolosi sotto i quali si frangevano flutti fangosi. Ad aspettarlo c'era una piccola imbarcazione con due uomini ai remi.

- Lauder! - gridò Bell.

- Signorsì, sono qui, signore - rispose una voce mentre con un tocco di remo la barca si appoggiò al passaggio.

- Tendetemi la mano, signore. Aggrappatevi - lo invitò l'uomo a poppa.

Bell obbedì e saltò a bordo; con vigorosi colpi di remi i due uomini si portarono nel centro del fiume.

- La marea sta per cambiare... ecco perché il vecchio *Seabreaker* è tutto di traverso - spiegò uno dei barcaioli indicando il rimorchiatore al largo.

Nel suo genere si trattava di un natante più grande del normale, adatto ad affrontare anche il mare aperto. Venne calata una scaletta di corda e con un colpo di reni Bell salì sul ponte.

- Dovrete provvedere a una scaletta più comoda, capitano - rilevò.

- L'ho già acquistata - rispose uno dei barcaioli, un uomo basso e corpulento con un'enorme barba striata di grigio. - La farò sistemare a Greenhithe la prossima volta che scenderò il fiume.

- Sarà meglio pensarci domani stesso - suggerì Bell cominciando a guardarsi intorno.

L'imbarcazione era fresca di cantiere e, trattandosi di un rimorchiatore, poteva dirsi un modello di pulizia e di ordine. Il ponte era ben illuminato e a poppa, dove solitamente si trovano i montanti da traino, il pozzetto era delimitato da vetrate trasparenti che racchiudevano una specie di accogliente soggiorno. A sinistra, rispetto alla sala nautica, c'era un'altra cabina più grande verso la quale Comstock Bell diresse i suoi passi.

Il locale era diviso in due settori, entrambi lussuosamente arredati. In quello più interno, tappezzato in bianco, spiccava un piccolo letto di ottone sotto un boccaporto e una scrivania intarsiata sotto l'altro. Il pavimento era abbellito da un prezioso tappeto persiano e la luce proveniva da un oblò del soffitto. Gli accessori erano d'argento e una porticina immetteva in un piccolo bagno attrezzato alla perfezione.

Dopo una breve ricognizione, Bell ripassò nel settore esterno, una parete del quale era interamente occupata da una libreria con i volumi rilegati in pelle.

L'ampio divano aveva un aspetto estremamente confortevole mentre il folto tappeto avrebbe potuto considerarsi un capolavoro d'artigianato.

- Entrate, capitano Lauder - disse Bell all'uomo che aspettava fuori. Lauder ubbidì.

- Sedetevi - lo invitò l'americano. - Allora, avete ben presenti le istruzioni?

- Sì, signore.

- La barca è di vostra soddisfazione?

- Completamente, signore. La settimana scorsa l'ho portata nel mare del Nord, con una tramontana infernale. Filava più del postale per Ostenda e certamente non beccheggiava altrettanto.

- E l'equipaggio?

- Assolutamente fidato, signore. Mi sono portato dietro i miei due ragazzi per aiutarmi. Hanno entrambi il brevetto da marinaio. Sotto, in sala macchine, ci sono mio fratello George, il suo figliolo e l'aspirante genero.

- Una riunione di famiglia - scherzò Bell. - Molto dipende da voi, Lauder.

- Potete fidarvi di me, signore - lo rassicurò l'altro in tono pacato. - Non ho dimenticato quanto vi devo. Un comandante che ha mandato la sua nave a sbattere contro delle rocce, perfettamente indicate sulla carta nautica, non riceve un altro incarico, anche se nel naufragio non c'è stata alcuna vittima e lui è in grado di dimostrare che la colpa era da attribuirsi al primo ufficiale che si era ubriacato. Per me siete stato più di un amico, signore.

- Anch'io vi devo qualcosa - disse Bell - soprattutto perché ero fra quelli che hanno portato a casa la pelle... grazie al vostro sangue freddo. Comunque ora non è il caso di parlare di queste cose. Quando avrete sistemato la scaletta, ancoratevi a Gravesend e aspettate. Non appena avrete ricevuto il mio telegramma, eseguite subito le istruzioni contenute in quella busta sigillata che vi ho fatto pervenire. Ricordate che non vi chiederò di fare nulla di illegale. Né voi né il vostro equipaggio dovrete preoccuparvi minimamente in proposito.

- Lo so, signore.

- Mettete questi soldi in cassaforte. - Bell tirò fuori di tasca la mazzetta di banconote. - Sono sufficienti per le spese e per le paghe, per un tempo considerevole.

Si rimise il cappotto e attese che il capitano si infilasse la cerata. Poi entrò nella barca che lo stava aspettando.

Capitolo VII
Il comportamento di Helder

Helder suonò il campanello e la ragazza, che stava traducendo in inglese un articolo tratto dall'*Humanité*, abbandonò con riluttanza il lavoro ed entrò nella stanza. In quella giornata era già stata chiamata due volte e, in entrambe le occasioni, il suo tono era stato più che cordiale.

In quel momento, il principale era attento a esaminare un dattiloscritto. La ragazza attese, con le mani dietro la schiena, che alzasse lo sguardo.

- Oh, signorina Maple - esclamò lui con un gran sorriso. - Vi ho mandata a chiamare per comunicarvi che sono molto soddisfatto del vostro lavoro.

Verity lavorava lì ormai da tre giorni e quel riconoscimento, invece di gratificarla, le diede estremamente fastidio.

- Potete accomodarvi - la invitò il capo appoggiando il foglio sulla scrivania - devo dirvi molte cose.

- Grazie, preferisco rimanere in piedi - rispose la ragazza.

- Come volete - disse amabilmente Helder. - Comunque mi consentite di rimanere seduto? Grazie. Ora, innanzitutto, vi annuncio che ho deciso di corrispondervi quattro sterline alla settimana invece delle tre che avevamo pattuito.

- Credo che lo stipendio attuale vada benissimo - replicò la signorina Maple. - Il lavoro non è certo eccessivo.

- Ce ne sarà di più - annunciò Helder. - Soltanto che, in questi mesi, ho deciso di prendermela comoda. A proposito, voi siete la nipote di un personaggio alquanto famoso, non è vero?

La giovane arrossì.

- Non sto facendo del sarcasmo - si affrettò ad aggiungere Helder. - Sapete benissimo che Thomas Maple è molto conosciuto.

Non è stato lui a occuparsi dell'incisione della nuova banconota austriaca da cento corone?

- Ne so davvero molto poco dell'attività professionale dello zio - rispose Verity. - Mi risulta soltanto che era incisore di biglietti di banca.

- Era?

- Adesso non lavora più - spiegò la ragazza. - Se non vi dispiace, signor Helder, preferirei non parlare di lui.

Il principale le sorrise con espressione benevola.

- Mia cara signorina Maple, non offendetevi. Una certa fama, e la curiosità che questa notorietà fa scaturire, rappresentano il risvolto scomodo del genio.

Fissò la ragazza. Era più graziosa di quanto avesse sperato. Davvero un bel colpo farla venire lì in ufficio... la nipote di Tom Maple!

Ma non era il vantaggio materiale a compiacerlo. Tutti gli uomini, soprattutto quelli intelligenti, hanno le loro debolezze. Le belle donne erano il tallone d'Achille di Helder il quale, dinanzi a loro, abbandonava ogni sorta di prudenza e discrezione, che peraltro costituivano per lui una specie di seconda pelle, e diventava impulsivo e infiammabile.

- Ho intenzione di chiamarvi Verity - annunciò all'improvviso.

La ragazza arrossì, per poi impallidire subito dopo.

L'uomo si alzò e fece per accostarsi alla giovane che, quasi impietrita da un'improvvisa sensazione di pericolo, non fece alcuna mossa e si limitò a guardarlo con occhi atterriti. Il principale le mise le mani sulle spalle e la costrinse a voltarsi.

- Verity - ripeté - noi due dobbiamo diventare buoni amici. Voglio che sappiate tutto di me.

Incrociò lo sguardo della ragazza che prese a tremare da capo a piedi. Avrebbe potuto respingerlo, scappare da quella stanza... si sentì morire di vergogna. Nessun uomo l'aveva mai guardata o le aveva parlato a quel modo. Quella voce languida e carezzevole la ripugnò, tuttavia non riuscì a reagire. Poi sentì il braccio dell'uomo stringerle la vita e ritrovò all'improvviso la voce. Con un urlo terrificante si divincolò.

- Zitta! - sibilò Helder furibondo.

In un attimo l'afferrò di nuovo e le mise la mano sulla bocca. Aveva il volto livido e sembrò atterrito quanto la giovane.

- Zitta - ordinò - piccola sciocca! Volete forse far correre qui tutta la gente del palazzo?

- Lasciatemi! - boccheggiò Verity.

Helder si stava maledicendo per la sua sconsideratezza. Non solo aveva fatto precipitare le cose per rimanere con un pugno di mosche, ma aveva anche perso il controllo della situazione.

La lasciò andare e la giovane, ansimando, indietreggiò verso la porta.

- Non direte nulla di quanto è successo - l'ammonì Helder. - Mi sono comportato come uno sciocco... e me ne dispiace.

La ragazza scosse il capo e mise una mano tremante sulla maniglia.

- E non andrete a raccontarlo neppure a casa, intesi? - Di nuovo la prese per un braccio e le diede uno scrollone. - Riprenderete il lavoro interrotto e domani tornerete qui come al solito. Se non lo farete - ansimò con uno sguardo di diabolica perversione, - per Dio, vi scoverò e vi ucciderò! Anzi, farò peggio, mi avete inteso? - Scrollò di nuovo il suo braccio. - Andrò a raccontare sul vostro conto delle cose che saranno credute... cose che vi faranno desiderare di essere morta.

- Lasciatemi andare - implorò la ragazza con un sussurro. Helder la prese fra le braccia. Verity era sul punto di svenire.

- Datemi un bacio - le ordinò con furia selvaggia - e ditemi che mi perdonate.

Chinò la testa verso la sua. La giovane si sentì svuotata da ogni forza, le labbra del principale sfiorarono le sue e di nuovo lei si mise a urlare... urla di agonia e di odio.

- Maledizione! - esclamò Helder vedendo entrare Comstock Bell.

Lasciò andare la ragazza. Ora sul suo volto si era dipinto il medesimo pallore. Tremava. Vide l'espressione di disgusto negli occhi dell'altro uomo e si rese conto che aveva capito tutto.

- Questa ragazza - cominciò a farfugliare in maniera incoerente - mi si è letteralmente buttata addosso, Bell! Capite... in fondo sono un essere umano anch'io!

Bell distolse lo sguardo da lui per spostarlo sulla ragazza che stava con la schiena appoggiata alla parete, con gli occhi chiusi, la faccia di un pallore mortale.

- Helder - affermò - siete un bugiardo e anche uno stupido, se pensate di potermi ingannare. Vi state comportando da quel mascalzone che siete, e che sanno bene tutti quelli che vi conoscono.

La ragazza aprì gli occhi e lo guardò. Per un attimo i due sguardi s'incrociarono... quello del giovanotto alto e della ragazza sconvolta, sul punto di svenire.

Verity fece qualche passo in avanti e Bell fece appena in tempo a prenderla fra le braccia, poi la portò nel locale attiguo e l'adagiò sulla poltrona. La ragazza non era svenuta: i suoi occhi si riaprirono e cominciò a ringraziarlo. Bell la fissò pensoso.

- Calmatevi - le disse con dolcezza - penserò io a tener occupato quell'individuo e, quando vi sentirete riprendere, non dovrete far altro che uscire e farvi portare a casa da un taxi. Avete abbastanza soldi?

La giovane annuì.

Bell si accorse che si stava riprendendo, così fece ritorno nell'ufficio di Helder, chiudendosi la porta alle spalle e guardandolo con disprezzo.

- Che incredibile miserabile siete, - lo investì. - Se facessi il mio dovere, vi prenderei per il colletto e vi getterei dalla finestra.

Helder non ebbe alcuna reazione, limitandosi a guardarlo dal basso con un'inequivocabile espressione di odio.

Senza chiedere alcuna autorizzazione, Comstock Bell si mise a sedere di fronte a lui.

- Finché mi trattengo qui - disse - tanto vale discutere il motivo per cui sono venuto a farvi visita.

Con un certo sforzo Helder cercò di ridarsi un contegno. Pur sapendo che Bell non apparteneva alla cerchia degli uomini che se ne andavano in giro a spettegolare, si rendeva conto che l'altro avrebbe potuto rovinarlo ed era ansioso di scusarsi per la sua stessa soddisfazione.

- Immagino che intendiate dirmi che mi sono comportato in maniera riprovevole - buttò lì.

- Lasciate perdere - tagliò corto Bell. - So benissimo che avete agito in modo abominevole e potrei perdonarvi tutto all'infuori delle bugie che avevate in mente di raccontarmi. Comunque non intendo più tornare sull'argomento; intendo sentire piuttosto ciò che volevate raccontarmi sul conto di Willetts.

- Voi potreste non essere così ansioso di saperlo, - commentò Helder, con le labbra arricciate.

- Sono ansioso di sapere qualsiasi cosa riguardi Willetts, - s'intestardì Bell. Helder si alzò e cominciò a passeggiare per la stanza, aspettando di riprendere il controllo dei propri nervi. Era necessario dominare la situazione. Si girò di scatto.

- Willets - annunciò - è colui che, anni fa, ha falsificato un biglietto da cinquanta sterline e ora la Polizia ha spiccato un mandato di cattura nei suoi confronti.

- Proseguite.

Nessuna traccia di emozione da parte di Bell.

- Inoltre mi risulta - proseguì Helder - che voi abbiate messo in circolazione le banconote contraffatte da Willets o che, comunque, siate stato al corrente del misfatto.

- E allora? - replicò Bell con aria inquisitrice.

- E c'è dell'altro - continuò Helder - voi avete finanziato Willetts. Voi l'avete pagato per starsene tranquillo e ora, mi sfugge per quale motivo, avete in mente di tradirlo.

- Chi ve lo ha detto?

- L'ho scoperto per caso - rispose Helder - e ne ho avuto una prova proprio ieri sera.

- E quale sarebbe?

- Ieri sera siete venuto in Terriers', non è vero?

- Certo, vi ho trascorso qualche ora - rispose Bell tranquillo.

- Avete scritto una lettera nonostante la mano dolorante. Questa non è che una scusa per far cadere in inganno qualcuno grazie alla calligrafia contraffatta.

Aprì un cassetto e ne estrasse una striscia di carta assorbente. - E avete asciugato il foglio - affermò con aria trionfante. - Devo dirvi che cosa avete scritto?

- Potete risparmiarvi il disturbo - lo invitò freddamente Bell.

- Avete scritto all'ispettore Morrison di Scotland Yard e le vostre parole sono state precisamente le seguenti...

Sistemò controluce il prezioso reperto.

- L'uomo che cercate, in rapporto al "Circolo del Crimine" e al denaro contraffatto, è Harold Willetts che attualmente si occupa di Borsa e ha un ufficio a Little Painter Street, a Londra, dove si reca all'incirca ogni otto giorni. In tale sede troverete prove sufficienti per fargli scontare il suo crimine.

Ripiegò lo stralcio e lo rimise nel cassetto.

- Siete voi l'autore di questa missiva? - domandò.

- È probabile.

- Già da tempo sapevo che eravate coinvolto in questa faccenda - proseguì Helder. - È stato un colpo di fortuna venire in possesso di questo pezzo di carta assorbente. E proprio voi - continuò con un ghigno - siete l'uomo che viene a farmi la morale, a dirmi quello che devo e non devo fare... voi che, pur di salvare la reputazione, tradite un amico che non gode di uguale prestigio sociale, la cui scomparsa dal giro non susciterebbe lo stesso scalpore fra la gente che conta. Bell! - Esclamò, appoggiandosi sopra il tavolo, con la voce fremente, - potrei rovinarvi, maledetto!

Per un attimo Comstock Bell rimase silenzioso, poi si spinse in avanti verso il suo interlocutore.

- E io potrei fare lo stesso - disse, sussurrando un'unica parola.

Una parola sola, ma Cornelius Helder si lasciò ricadere contro lo schienale, fissando l'uomo che poteva disporre della sua vita e della sua libertà.

Bell prese il cappello e si avviò verso la porta.

- La contraffazione - riprese quasi scandendo le sillabe - sembra essere di moda fra quelli del nostro ambiente. Alcuni lo fanno per puro divertimento, accumulando anni di preoccupazioni e rimorsi, altri lo esercitano a sangue freddo per semplice profitto e acquisiscono la fama di possedere un eccezionale talento commerciale.

Ogni parola era scelta con estrema accuratezza.

- Mi dicono che possedete un piccolo stabilimento tipografico nello Shropshire. Se fossi in voi - proseguì - chiuderei tutta la baracca e farei trasferire altrove la manovalanza russa.

Capitolo VIII
La scoperta di Tom Maple

"John B. Wanager, che è il direttore del Dipartimento di Controllo del Ministero del Tesoro degli Stati Uniti d'America, sostiene che ci siano in circolazione banconote contraffatte per un valore superiore ai venti milioni di dollari. Questa è la notizia sensazionale che ha messo in subbuglio Wall Street e che riguarda tutti noi cittadini.

Direi che ci sia in circolazione il valore di venti milioni di dollari, ha rivelato Wanager a un giornalista del News Herald. Pertanto il Tesoro sta valutando l'opportunità di effettuare drastiche varianti nell'aspetto dei biglietti esistenti. In effetti le banconote false sono talmente perfette che la loro identificazione è possibile solo da parte degli addetti del Ministero del Tesoro. Io penso che siano stati stampati dovunque, e i nostri ispettori del dipartimento ritengono, con buona probabilità, in Europa. Le banconote sono state immesse in gran quantità senza incorrere, chissà come, nei controlli doganali. Parlando genericamente i falsi sono perpetrati su biglietti di piccolo taglio ed è palese che i falsari abbiano messo a punto una perfetta rete di distribuzione."

Wentworth Gold lesse questo trafiletto in un giornale di New York e non avvertì la stessa fitta di disagio che gli avrebbe senz'altro colpito il cuore se gli fosse capitato sotto gli occhi il giorno precedente. Quel mattino aveva ricevuto un telegramma da Maple... un telegramma che lo aveva rallegrato nel profondo dell'anima... e stava per recarsi all'appuntamento stabilito quando, dall'Ambasciata, ricevette questa notizia di cronaca. Ormai la faccenda era di pubblico dominio: purtroppo avrebbe preferito dedicarsi alla soluzione del problema senza inutile pubblicità.

Arrivò in auto fino al villino di Peckham e rimase sorpreso quando la porta gli venne aperta da Verity Maple la quale, per un motivo a lui del tutto sconosciuto, non aveva certo una bella cera.

- L'ho trovato, signor Gold.

Era Tom Maple che si stava avvicinando lungo il corridoio, gesticolando vistosamente e con un'aria di trionfo sul viso malaticcio, palesemente ansioso di comunicare all'investigatore la sua scoperta.

Il tavolo della cucina era nell'abituale stato di disordine, ma c'era una fiala che Gold non aveva ancora visto. Era un cilindretto di vetro, pieno di un liquido incolore. Con mano tremante Maple aprì il portafoglio in cui teneva le banconote per i vari esperimenti e tirò fuori una manciata di esemplari che, come Gold notò subito, non erano stati ancora utilizzati. L'altro tolse il tappo alla fialetta.

- State a vedere - bisbigliò. Intinse il dito nel liquido, prese i contanti a uno a uno e premette il dito umido nell'angolo di sinistra. Il primo biglietto rimase immutato, con l'eccezione di una macchiolina là dove si era verificato il contatto con l'epidermide. Idem per il secondo.

- Questi soldi sono buoni... buonissimi - quasi gridò. Con il terzo le cose andarono diversamente. Aveva a malapena tolto il dito dal punto in cui aveva toccato la banconota che questa era diventata color lilla pallido.

- Questa è la reazione - proclamò Maple - del preparato chimico a contatto con il timbro ad acqua.

Maple continuò a esprimersi in maniera poco coerente. Riprovò con un altro biglietto e di nuovo comparve la macchia lilla. Sottopose ad analogo trattamento tutte le altre banconote e, una volta terminato, le sparpagliò sul tavolo.

- Il lilla è lilla - esclamò con enfasi.

Gold si accorse che aveva bevuto, ma sapeva anche che in un simile stato l'ex incisore lavorava meglio.

- Niente può produrre e niente può rimuovere la macchia.

Annuì con saggio compiacimento. - Questa è la mia scoperta,

signor Gold. Stasera vi fornirò la formula del liquido rivelatore di Tom Maple. - Ridacchiò fra sé e sé. - In tutto il vostro meraviglioso Paese, in ogni banca, in ogni negozio, Tom Maple in una boccettina, se ne starà seduto pronto a balzare su falsari e truffatori.

In un lampo Gold realizzò l'importanza della scoperta. Si trattava di un metodo alquanto macchinoso, ma indubbiamente efficace. Nessun biglietto bollato con quel marchio di infamia avrebbe potuto essere rimesso in circolazione; quella era la prova che i migliori scienziati d'America e d'Europa non erano ancora riusciti ad ottenere.

- Datemela ora quella formula - propose l'investigatore.

- Lasciatemi tempo fino a stasera - obiettò l'altro, quasi schermendosi con un impacciato gesto della mano. - Voglio essere sicuro che il mio ritrovato sia perfettamente a punto.

L'americano diede un'occhiata all'orologio. Gli sarebbe piaciuto aspettare fino al termine dell'esperimento. Era preoccupato per quel poveraccio, intuiva che quei falsari dovevano essere persone prive di qualsiasi scrupolo e quindi ogni minuto sarebbe potuto risultare prezioso.

- Vado in città - annunciò - a riferire all'ambasciatore. Tornerò...? - Si arrestò.

- Dopo le nove - rispose Maple.

La nipote non era stata presente al colloquio. Gold la vide mentre stava attraversando il minuscolo soggiorno, seduta accanto alla finestra, intenta a fissare quella strada di periferia.

- Parlerò un po' con vostra nipote - annunciò a Tom mentre si avvicinò alla ragazza la quale, udendolo entrare, alzò gli occhi.

- Mi hanno riferito che avete lasciato Helder - disse. Verity annuì. - È vero.

Gold aspettò che dicesse qualcosa di più.

- Eravate insoddisfatta?

La ragazza arrossì.

- Vi prego, non parliamo di quella persona - lo invitò.

- Hmm...! - commentò Gold. - Mi dispiace di essere stato proprio io a esortarvi ad accettare la sua proposta.

Uscì dal villino e ridiscese verso Peckham Rye.

Si sentiva il cuore leggero e prese a camminare con l'andatura di chi non avesse alcun problema al mondo, più compiaciuto di quanto di solito si permettesse di essere. I due uomini che lo avevano pedinato, e che l'avevano visto entrare e uscire dalla casa, non erano altrettanto compiaciuti. Continuarono a tenerlo d'occhio, camminando dall'altra parte della via, finché non entrò in stazione.

Uno dei due segugi era bruno e portava i capelli a spazzola. Sul mento spiccava la traccia di una vecchia cicatrice e senza dubbio era straniero. L'altro, nonostante l'aspetto inglese, tradì la sua origine di yankee quando chiese a un passante dove si trovasse la cabina telefonica più vicina.

I due ridiscesero High Street e, mentre uno andò a telefonare, l'altro si mise a guardare una vetrina. Nel loro comportamento nessuno notò apparentemente nulla di strano.

Quella sera alle sei Verity Maple venne chiamata a Londra da un telegramma urgente. La ragazza si mise in viaggio, lasciando lo zio immerso nel suo lavoro, e fece ritorno a Peckham con lo stesso treno di Wentworth Gold.

S'incontrarono sul marciapiede di Victoria Station.

- Faremo il tragitto assieme, se non vi dispiace e vi prometto di non nominare più il vostro ex principale. Sul suo conto ne so molto più di quanto non immaginiate e continuo a rimproverarmi d'avevi fatto correre il rischio di una brutta esperienza.

- Evidentemente questo non è il mio periodo fortunato - commentò la ragazza abbozzando un sorriso. Aveva ripreso colore e sembrava notevolmente sollevata.

L'uomo trovò uno scompartimento vuoto e vi salirono entrambi.

- Come mai vi siete recata in città? - domandò.

Per tutta risposta, la signorina Maple tirò fuori dalla borsetta un telegramma e glielo porse.

"Devo vedervi subito" c'era scritto ed era firmato da un tale il

cui nome non era familiare a Gold.

- Chi ve lo ha spedito?

- Uno degli esecutori testamentari di lord Dellborough - rispose Verity - e naturalmente ho immaginato che, essendo stata segretaria del signore in questione, mi si chiedessero particolari informazioni. E invece sono andata fino a Hampstead per niente.

- Perché?

Verity piegò il telegramma e lo rimise in borsa.

- Per un motivo molto semplice... nessuno mi ha mai mandato a chiamare - disse. - Questo telegramma è fasullo.

- Fasullo? - ripeté Gold, avvertendo una fitta al cuore.

Qualcuno, per un motivo imprecisato, aveva deciso che la ragazza si allontanasse da casa. Gold balzò giù dal treno, appena arrivato in stazione, e scese di corsa le scale che portavano all'uscita. Fuori c'era un taxi in sosta e lui lo bloccò immediatamente.

- Subito a Crystal Palace Road - disse fornendo il numero - il più velocemente possibile.

In tutto ciò, fino a quel momento, la ragazza non aveva visto altro che il desiderio di guadagnare del tempo.

- Avete proprio fretta - commentò prima di guardarlo bene in volto. Ciò che vide la spaventò.

- Che cosa succede? - domandò ansiosa.

- Oh, nulla... o almeno spero - fu la risposta.

Il taxi si fermò con gran stridore di freni dinanzi all'ingresso del villino e Gold balzò fuori.

- Aspettate qui - ordinò senza fornire alcuna motivazione alla ragazza, la quale però obbedì restandosene accanto al cancello. L'uomo bussò alla porta d'ingresso, ma non ottenne risposta.

- Ho una chiave - disse Verity.

- Datemela. - Gold gliela prese e aprì l'uscio. La giovane notò che se lo era richiuso alle spalle. Ma non lo vide estrarre la pistola.

- Maple! - gridò Gold.

Percorse il corridoio e fece per aprire la porta della cucina. Dietro c'era qualcosa di pesante... di pesante e resistente. Vi diede una spallata: la porta cedette e cadde con un piccolo tonfo.

In cucina c'era buio pesto e il poliziotto accese un fiammifero.

Sul pavimento, come un mucchietto di stracci, era afflosciato Maple che borbottava fra sé e sé una cantilena da ubriaco. Una bottiglia di whisky vuota spiegava tutto.

Gold balzò subito verso il tavolo: non c'era più traccia della famosa fiala e anche i biglietti di banca sui quali Maple aveva effettuato i suoi esperimenti erano spariti.

L'investigatore abbassò lo sguardo sull'uomo ai suoi piedi e cominciò a imprecare.

Cercò di sollevarlo ma non ci riuscì e così decise di tornare dalla ragazza che aveva lasciato preoccupata fuori.

- Vostro zio non sta bene - spiegò. - Avete degli amici presso i quali io possa accompagnarvi?

Non ci fu bisogno di chiedere quale fosse la natura del malore di Tom Maple. Verity vide subito l'espressione furiosa di Gold e capì.

- Io... credo che tornerò in città - farfugliò. - Ho degli amici...

Gold annuì, chiuse la porta e decise di accompagnarla. Maple se la sarebbe cavata da solo, assistito dalla provvidenza che pare abbia un occhio di riguardo per i poveri ubriaconi.

Scortò la ragazza fino al treno, poi fece ritorno al villino.

Mentre il suo taxi svoltò in Crystal Palace Road, un altro lo incrociò, procedendo rapidamente nella direzione opposta.

Rientrò in casa, chiudendosi alle spalle la porta di ingresso.

Lungo il corridoio urtò qualcosa con la punta dei piedi e si fermò a raccoglierla. Si trattava di uno strumento di acciaio di alta precisione, del tipo usato dagli incisori. Se lo infilò in tasca e proseguì verso la cucina. Il locale era vuoto. Tom Maple era scomparso.

Capitolo IX
Willetts scrive una lettera

Era sera, alle nove, mentre la luce morente del giorno ancora si stava attardando nel cielo, come se detestasse consentire agli stanchi londinesi una meritata tregua dalle fatiche quotidiane. Un uomo alto arrivò all'ufficio di Little Painter Street. Lo stabile era stato chiuso per la notte, ma lui aprì il portone con una chiave, entrò nell'atrio e si richiuse la porta alle spalle. Tese un attimo l'orecchio per sincerarsi che tutti gli uffici fossero vuoti. Sapeva che, con ogni probabilità, anche il portiere se ne era andato.

Dopo un attimo di esitazione, salì di corsa le scale fino all'uscio con la scritta *"Willetts"*, lo aprì ed entrò.

Si avvicinò alla scrivania, prese un foglio da un cassetto laterale e cominciò a scrivere, dopo aver provveduto ad accendere la luce. Per quasi un'ora scrisse di buona lena, arrestandosi solo una volta per estrarre dall'astuccio una sigaretta. Fu attento a non buttare la cenere fuori dal cestino della carta, talmente attento che, quando il mozzicone arrivò quasi a bruciargli le labbra, aprì la finestra e lo gettò fuori sul cortile pavimentato.

Fu degno di nota che non cercò neppure una volta di asciugare qualcuno di quei fogli. Li sparpagliò sul ripiano della scrivania e rimase ad aspettare che si asciugassero.

Quando ebbe terminato, raccolse insieme tutte le pagine e le rilesse con attenzione, poi estrasse da una valigetta un borsellino, tirò fuori tre banconote americane, da mille dollari ognuna, le sistemò all'interno di una busta rettangolare e con attenzione scrisse l'indirizzo.

Alla fine si mise la busta in tasca, spense la luce e rimase seduto con il capo reclinato sul petto davanti alla scrivania a ribaltina con lo sportello aperto. Un campanile suonò le undici e solo allora l'uomo si alzò con un leggero sospiro, si avvicinò alla finestra, la spalancò per eliminare dal locale ogni traccia di fumo, poi la richiuse.

Aprì la porta e tese di nuovo l'orecchio. Lo stabile era immerso nel silenzio più assoluto. Si era aspettato il ritorno del custode ma questi si era attardato nel suo bar preferito, impegnato in un'accesa discussione di argomento sindacale.

Scese le scale e sbucò in strada. Si fermò a una buca delle lettere per impostare la missiva indirizzata al signor Comstock Bell presso il Terriers' Club. Sul suo volto apparve l'ombra di un sorriso.

Raggiunse Broad Street, poi svoltò in direzione di Liverpool Street e raggiunse la stazione della metropolitana facendosi risucchiare dal flusso di passeggeri in costante movimento sia di giorno che di notte.

L'indomani Comstock Bell si recò a pranzo da Terriers' e, proprio all'ingresso, si imbatté in Helder. Il portiere gli porse una lettera, il cui indirizzo era redatto con una grafia indecisa che un esperto avrebbe sicuramente definito contraffatta.

Mentre Bell rigirò e soppesò la busta diede un'occhiata distratta al timbro postale. Helder ne seguì ogni mossa finché non lo vide aprire la missiva. Questa era costituita da tre fogli, coperti da una fitta scrittura, ma ciò che attrasse l'attenzione di Helder furono le tre banconote.

- Uno sconosciuto benefattore? - domandò divertito.

Bell si immerse brevemente nella lettura, aggrottò la fronte e risistemò i fogli nella busta assieme ai soldi.

- No - fu la brusca risposta.

Dopo pranzo passò nella sala di scrittura. Helder lo seguì facendo finta di niente, si mise a sedere a un tavolo vicino e cominciò a scrivere una lettera perfettamente inutile. Nella stanza c'erano soltanto loro due.

Helder fremette di curiosità. Voleva scoprire il più possibile sul conto di Comstock Bell. Quando questi si alzò, lui finse indifferenza, si avvicinò al tavolino dove l'altro era stato seduto, nella speranza di carpire ulteriori informazioni.

A stento riuscì a trattenere un'esclamazione di stupore quando, accanto al tampone della carta assorbente, vide una lettera che Bell aveva dimenticato.

Immediatamente si avvicinò alla finestra che dava sulla strada. Se Bell fosse uscito dal club, sarebbe dovuto passare di lì nel volgere di pochi secondi. Attese con impazienza finché non vide la figura aitante del giovane milionario.

Si guardò attorno. La porta della stanza era parzialmente di vetro e da lì poteva sorvegliarne l'accesso e premunirsi contro qualsiasi possibilità di interruzione.

Dopo un'altra occhiata alla finestra, si avvicinò di nuovo al tavolino, prese la lettera, l'aprì e si sistemò all'ombra di una tenda da dove avrebbe potuto tenere d'occhio anche i gradini. La lettera era redatta con la stessa calligrafia incerta che aveva notato sulla busta e il contenuto era alquanto strano, simile a uno sfogo di pentimento e di rimpianto. Il mittente sosteneva di essere debitore di tutto nei confronti di Bell e gli restituiva i soldi che il milionario gli aveva prestato.

Rapidamente Helder passò all'ultima pagina e, come aveva previsto, ebbe la conferma che si trattasse di Willetts. Un testo strampalato, quasi incoerente. Veniva avanzata la richiesta di mantenere il segreto sull'identità del mittente e la missiva si concludeva con una sequela di luoghi comuni e un riferimento alla provvidenza che suscitarono una smorfia di disprezzo sulle labbra dell'indiscreto lettore.

- Una fonte d'informazioni, suppongo! - commentò.

Con mosse rapide Helder ripiegò la lettera, rimise a posto i biglietti di banca e ripose il tutto dove l'aveva trovato.

Di nuovo guardò fuori dalla finestra. Bell stava tornando a passi rapidi, accortosi di avere dimenticato la lettera. Comunque Helder ebbe tutto il tempo di lasciare il locale e si trovò già nell'atrio quando Bell gli passò davanti, diretto verso la sala di scrittura.

Helder aspettò.

L'altro riapparve con qualcosa in mano. Senza guardare né a destra né a sinistra, scomparve di nuovo in strada.

Le informazioni che Helder si era furtivamente procurato erano valse solo a confermare i suoi precedenti sospetti: Willetts, il falsario ricercato dalla Polizia, era a Londra. Comstock Bell lo teneva in suo potere e avrebbe potuto farlo arrestare quando avesse voluto.

Allora, perché non lo faceva? Quello era l'interrogativo che turbò l'americano mentre fece ritorno al suo appartamento. Conosceva la storia della banconota contraffatta perché era profondamente interessato in materia di falsificazione, ed esisteva una motivazione più che valida. Nessuno a Londra associava il giovane milionario a quel reato e lui non riusciva a capire perché mai Comstock Bell non mettesse fine, una volta per tutte, a quella faccenda il cui ricordo lo disturbava in maniera palese. Aveva a portata di mano il colpevole che avrebbe potuto far arrestare senza la minima difficoltà, quindi perché esitare?

A Helder non passò neppure per l'anticamera del cervello il pensiero che il comportamento di Bell fosse dettato da un senso di pietà, di umanità. Simili sentimenti non esistevano nel suo animo e pertanto non li concepiva neppure nel prossimo.

Raggiunta la sua stanza, si chiuse la porta alle spalle, aprì la scrivania e tirò fuori un volumetto piatto. Trascorse due intense ore a codificare un messaggio che, quel pomeriggio stesso, spedì a tre diversi indirizzi.

Tutti convenivano che Helder fosse un uomo metodico, dotato di straordinarie capacità organizzative, artefice non ultimo del suo successo. Difettava di una certa dirittura morale, ma gli uomini, nel giudicare i loro simili, sono disposti a sorvolare sulle caratteristiche peggiori con la scusa che nessuno sia perfetto.

Terminata l'incombenza, riposto il libricino e riaperta la porta, Helder si sedette ad aspettare una visita. Diede un'occhiata all'orologio: erano quasi le cinque. Suonò il campanello e ordinò del tè, poiché era astemio e beveva raramente prima di cena. Il domestico aveva appena portato il vassoio che entrò l'atteso visitatore: un uomo tozzo, sbarbato di fresco, palesemente a disagio in quell'ambiente così raffinato.

- Sedetevi, Tiger - lo invitò Helder con cordialità, indicando una poltrona.

L'altro si sistemò con circospezione, togliendosi il cappello.

- Signor Helder - esordì con un accenno di balbettio - è necessario trovare un'altra strada.

Helder annuì.

- Lo so - ammise - i nostri uomini si lamentano della difficoltà di cambiare valuta americana in Europa. Saremo costretti a rivolgerci al mercato interno.

Tiger Brown espresse con vigore il suo assenso.

- Proprio così - proseguì con un sorriso di sollievo. - Temevo proprio che non la pensaste a questo modo. Comunque il mercato americano va bene, ma la nostra gente comincia ad avere paura. Il Tesoro ha messo all'opera tutti i suoi elementi migliori che devono aver trovato un nuovo metodo di verifica. Quel tizio di Filadelfia al quale mandiamo di solito cinquecento banconote al mese, ora ne ritira soltanto un centinaio. Penso che sia meglio lasciar perdere il nostro sbocco americano e di concentrarci sul mercato francese.

Helder cominciò a passeggiare avanti e indietro per la stanza. Dopo l'ingresso del visitatore aveva di nuovo chiuso a chiave la porta. Quasi soprappensiero andò a sincerarsene di nuovo e Tiger Brown strinse gli occhi.

- Anche voi siete un po' preoccupato, non è vero? - domandò a bruciapelo.

- No, no - rispose Helder senza esitare - nervoso non è il termine esatto... direi piuttosto cauto. Convengo con voi per quanto riguarda il filone americano; lo abbandoneremo per un qualche tempo. E ora che cosa mi dite di quelle banconote francesi che abbiamo messo in circolazione?

- Niente di buono - rispose brusco l'altro. - Non so per quale motivo, ma non sono state realizzate affatto bene... forse perché manca il tocco del professionista.

- Che ne è di quel Maple - proseguì dopo una pausa di riflessione.

Helder corrugò le labbra.

- Non so in che modo possiamo metterci in contatto con lui - rispose. - Sta lavorando per Gold.

- Allora non siete in grado di tirarlo dalla nostra parte? - insistette l'altro. - E se gli mostraste uno sbirro?

L'altro scosse il capo.

- In questo Paese non basta - commentò cupo in volto. - In faccende così grosse non c'è molto da fare. Supponiamo che si riesca a corrompere un poliziotto, questo avrà sempre un superiore; ammesso che si corrompa anche quest'ultimo, esisterà sempre qualcuno più in alto di lui; il sistema è tale per cui Scotland Yard può sempre inserire nel gioco una nuova pedina, all'insaputa di tutti. Non è che la Polizia inglese sia la più onesta del mondo, è il sistema stesso che riesce sempre a fregarvi.

Ricominciò a camminare avanti e indietro.

- Maple - ripeté quasi tra sé e sé. - Mi chiedo...

- Non siete in grado di ricattarlo? - insistette il visitatore. - Eppure ha una figlia...

- Una nipote - lo corresse Helder. - E non è il caso di tirare in ballo quella ragazza.

- Voi dite - Tiger s'intromise con impazienza - che non possiamo considerare nipoti o figlie. Noi dobbiamo raggiungere il nostro scopo e questo soltanto conta.

Helder si astenne dal replicare.

- E che cosa mi raccontate del signor Gold? - domandò l'uomo tarchiato.

- È lui il vero pericolo - rispose l'altro con espressione grave. - Gold mi preoccupa perché non so esattamente di che autorità sia stato investito né di che cosa si stia occupando. La sua posizione è oltremodo complessa... una sorta di collegamento fra Washington e Londra.

Si fermò davanti a Brown e lo fissò pensoso.

- Dobbiamo avvalerci di Maple - sentenziò. - È il migliore incisore d'Europa. A ogni buon conto, vale sempre la pena di tentare. L'ultima volta che siete andato a trovarlo, non mi era parso troppo disposto a lasciarsi ricattare.

- Potrebbe esserlo adesso - replicò Brown con un sorriso. - Ricordo che, quando lavoravo per Harragon, c'erano persone che non si riusciva a comprare o ricattare la prima o la seconda volta. Soltanto dopo la terza o la quarta cominciavano a becchettarvi in mano.

I due rimasero per un'altra ora buona a discutere di vari progetti, poi lasciarono Curzon Street; Brown fu il primo ad andarsene, l'altro lo seguì dopo cinque minuti.

Si ritrovarono a Piccadilly Circus, entrarono nella stazione della metropolitana, acquistarono i biglietti ed entrarono nell'ascensore, in compagnia di un'altra dozzina di persone. L'inserviente chiuse la porta. All'improvviso si sentì il grido di una donna.

- Sono stata derubata - urlò.

Accanto all'inserviente c'erano due uomini prestanti. Uno di loro le si avvicinò, le parlò, poi si rivolse ai presenti.

- Questa signora è stata derubata - disse. - Sono il sergente Halstead di Scotland Yard. La signora in questione è stata alleggerita della borsetta e del portafogli, ragion per cui mi trovo costretto a chiedere a voi signori di sottoporvi a una perquisizione sul posto. Qualora rifiutaste, sarete invitati a seguirci alla stazione di Polizia più vicina.

Gli si affiancò il collega. Helder provò dapprima una sensazione di fastidio, poi di allarme. Gli altri uomini presenti sull'ascensore ad eccezione di Tiger Brown, si sottoposero con calma alla pur imbarazzante procedura, che i due agenti si sforzarono di portare a termine nel minor tempo possibile. Su loro richiesta, l'ascensore era stato bloccato a metà percorso, in modo che non ci fossero occhi indiscreti.

- Mi rifiuto nella maniera più assoluta - protestò Brown.

Il poliziotto gli rivolse uno sguardo indagatore.

- Non intendo essere perquisito - ribadì Brown.

- Allora non ho altra scelta che ordinarvi di seguirmi alla Centrale - gli intimò il graduato.

Cinque minuti dopo i due uomini si ritrovarono in un taxi diretto a Vine Street. Strada facendo, Helder continuò a imprecare fra sé contro il comportamento del compagno. Non ci sarebbe stato motivo di rifiutare la perquisizione se non il vago timore d'avere addosso qualche indizio di colpevolezza.

Se le operazioni di controllo con le altre persone presenti sull'ascensore furono alquanto superficiali, nel loro caso andarono più per le lunghe. Vennero esaminati anche i loro portamonete e, con il cuore in tumulto, Helder si accorse che le banconote da cinquanta dollari venivano sottoposte a un esame molto accurato.

- Mi rincresce molto, signori - disse il poliziotto una volta terminate le formalità di rito e dopo la restituzione degli effetti personali. Era un poliziotto grande e grosso, dall'aspetto imponente, ma sorrideva con aria amichevole.

Helder, che invece era di tutt'altro umore, si lasciò sfuggire un conciso ma brutale commento sul modo di operare della Polizia metropolitana.

- Questa storia non finirà qui - minacciò.

- È stata colpa vostra - sostenne imperturbabile l'ispettore. - Eravamo venuti a conoscenza che una persona fosse stata derubata... e voi vi siete rifiutati di sottostare alla perquisizione. Che altro avremmo potuto fare?

Helder non ribadì. Uscì dalla Centrale con il compagno ma, mentre stava scendendo la scalinata d'accesso, si fermò di botto vedendo sul marciapiede Wentworth Gold, col sigaro in bocca, che prontamente salutò l'accigliato compatriota col più innocente dei sorrisi.

- Salve Helder - esordì. - Sono arrivato troppo tardi. Una telefonata mi ha informato del vostro fermo e sono venuto a sistemare le cose.

- Davvero? - biascicò Helder fra i denti. - Beh, sono riuscito a cavarmela anche senza il vostro aiuto e - aggiunse rivolgendo un'occhiata significativa al compagno - credo vi interessi sapere che quei signori non hanno trovato nulla.

Gold alzò un sopracciglio.

- Che cosa si aspettavano di trovare? - domandò in tono gelido.

Helder non rispose. Girò sui tacchi e, seguito dal suo socio, si allontanò a passi veloci. Aveva inquadrato tutto il complotto: la falsa rapina e la provvidenziale presenza degli agenti pronti alla perquisizione.

Tremò alquanto al pensiero che se ciò si fosse verificato il giorno precedente, sarebbero state ritrovate delle banconote compromettenti in suo possesso.

Conosceva un giovanotto che lavorava al *Post Journal*. Doveva prendere il coraggio di raccontargli la storia dell'arresto e di quella inqualificabile perquisizione. E così fece, senza risparmiare alcun dettaglio. Fu una mossa audace, che Gold non aveva previsto.

L'indomani il poliziotto sorrise con amarezza scorrendo il trafiletto intitolato:

"Fermo di un cittadino americano. Drastico intervento della Polizia".

A Scotland Yard la cosa avrebbe dato fastidio, suscettibile com'erano a qualsiasi inezia che potesse mettere in discussione la loro discrezione e l'altrettanto suprema saggezza. Soltanto con grande riluttanza avevano consentito ad aiutarlo nel suo piano e certamente la prossima volta che avesse avuto bisogno della loro assistenza, le difficoltà sarebbero state maggiori.

Scrollò le spalle prendendola con filosofia. Aveva giocato un'alta posta e aveva perso... per il momento, aggiunse a se stesso.

Capitolo X
Verity riceve una proposta di matrimonio

Comstock Bell depose il giornale che stava leggendo, lo piegò, lo ripose in un cassetto e diede un'occhiata all'orologio sopra la mensola del camino. Ogni timore era scomparso. Raccolse una lettera dal tavolo. Era della signora Granger Collak, ed era stata impostata a Napoli. Sorrise al pensiero della notizia-bomba che avrebbe potuto lasciar cadere davanti a quella donna fuori dal comune.

Sentì suonare in lontananza il campanello e, poco dopo, Parker entrò nella stanza.

- La signorina Maple - annunciò.

Comstock Bell si alzò per andare incontro alla ragazza che apparve quasi eterea nella sua tristezza.

- Vi sono grato di essere venuta - le disse. - Vi dispiace se vi domando quali sono i vostri progetti?

- Non ho progetti immediati - rispose Verity. - Molto gentilmente il signor Gold mi ha anticipato del denaro e mi ha promesso che il suo governo troverà mio zio.

- Il suo governo è il mio - commentò Bell con un sorriso. La ragazza apparve sorpresa.

- Forse vi aspettavate che tutti noi americani portassimo barbe da zotici - recitò scherzando - che masticassimo tabacco in continuazione e dicessimo "io penso" dopo ogni frase?

- Come fa il signor Gold? - commentò la ragazza stando allo scherzo e lui scoppiò a ridere.

Poi il bel volto della giovane si adombrò di nuovo.

- Sembra così assurdo che io riesca a sorridere - disse con gli occhi pieni di lacrime - quando...

Bell annuì con fare comprensivo.

- Credo di capire il vostro stato d'animo - mormorò avvicinandosi alla finestra... come faceva d'abitudine quando qualcosa lo preoccupava. - Credo che vostro zio tornerà; gli uomini sospettati del suo rapimento non penso abbiano l'intenzione di fargli del male... - e tacque.

La giovane alzò lo sguardo e vide la sagoma stagliata contro la finestra, ne apprezzò il bel profilo virile e si chiese che razza di uomo potesse essere. Quali interessi lo legavano alla malavita? Che cosa trovavano nel mondo uomini come lui... in un mondo che tenevano sotto i piedi come un pallone da prendere a calci?

In effetti Comstock Bell era dotato di un fascino fuori dal comune. Se ne era già accorta la prima volta che lo aveva incontrato e si chiese quale donna sapesse dominarlo... impresa apparentemente tutt'altro che difficile, considerata l'innata gentilezza e la spontanea cavalleria di quell'individuo.

L'americano tornò a rivolgersi a lei.

- Signorina Maple - domandò - avete altri parenti?

- No - rispose la giovane.

- Amici?

Verity scosse il capo.

- Nessuno, ad eccezione di quelli che mi stanno attualmente ospitando - rispose. - Ero quasi adulta quando ho lasciato il collegio in Belgio dove sono stata allevata dalle suore. A malapena fino a pochi anni fa sapevo dell'esistenza dello zio.

L'uomo annuì con fare comprensivo, si avviò verso la porta e l'aprì. In un primo momento lei non ne capì il motivo e soltanto dopo realizzò la delicatezza del suo atteggiamento.

- Sto per dirvi qualcosa - esordì - che vi metterà in allarme, ma vi assicuro che sto parlando in maniera estremamente responsabile e con un rispetto assoluto nei vostri confronti.

- Qualsiasi cosa diciate, vi crederò - fu il commento.

L'uomo cominciò a passeggiare nervosamente, poi si fermò davanti alla giovane.

- Signorina Maple, desidero che voi mi sposiate - annunciò.

Verity ebbe uno scatto di sorpresa e l'americano indietreggiò di qualche passo.

- Non spaventatevi - la rassicurò con un sorriso - ho lasciato la porta aperta e i miei domestici risponderanno subito a qualsiasi vostro appello.

- Ma... signor Bell... - farfugliò la giovane fra il divertito e l'allarmato.

- Aspettate! - Bell alzò una mano. - Voi siete sola al mondo... e anch'io sono l'unico attore della mia vita. Voglio che compiate un sacrificio, ma non del tipo che solitamente viene richiesto alle donne. Rimarrete sempre padrona... di voi stessa. Vi sto proponendo un matrimonio che per voi significherà solo libertà. Non intendo far leva soltanto sull'aspetto materiale della questione, ma vi renderò una delle donne più ricche di Londra.

- Ma io non vi amo, né voi amate me - disse Verity con voce roca e un'ombra di rimprovero negli occhi tristi - e un simile matrimonio sarebbe un sacrilegio, un crimine terribile che tutto il vostro denaro non potrebbe giustificare.

Si alzò dalla poltrona.

- Aspettate, vi prego - le disse Bell.

La giovane si sedette di nuovo. Nella voce dell'uomo c'era una sfumatura d'ansia, quasi di dolore.

La ragazza lo lasciò parlare senza intervenire. Soltanto a metà colloquio si alzò per andare a chiudere la porta. Adesso l'uomo si stava sfogando a tratti con amarezza, a tratti con speranza, finché non scesero le ombre della sera. In effetti era quasi buio quando scortò la ragazza in strada e la fece salire su un taxi.

- A domani.

- A domani - ripeté Verity porgendogli la mano che lui si portò alle labbra.

*****

Gold si recò a pranzare da Terrier's, dove trovò a attenderlo una lettera con l'indirizzo dattiloscritto, e riconobbe subito i caratteri della macchina di Comstock Bell.

L'aprì e la lesse con attenzione. Prima di arrivare in sala da pranzo, la rilesse di nuovo, poi la ripose in una tasca e, ancora colmo di stupore, si accinse a consumare il pasto.

Si sbrigò in fretta, poiché non aveva tempo da perdere, ma venne bloccato da Helder in prossimità dell'uscita.

- Ehi, signor Gold siete proprio la persona che intendevo vedere - gli disse il giovanotto.

- E voi - replicò Gold - siete uno dei sei milioni di individui di questa città al quale non ho alcuna intenzione di rivolgere la parola... comunque, di che cosa si tratta?

- Credo di essere in grado di dirvi qualcosa che può interessarvi - lo stuzzicò l'altro.

Il poliziotto si lasciò sfuggire un profondo sospiro.

- Siete la centesima persona, più o meno, che ho incontrato oggi smaniosa di riferirmi qualcosa che devo assolutamente sapere; sbrigatevi, signor Helder, perché non dispongo di molto tempo.

Helder chinò il capo e, abbassando la voce, disse - Willetts sarà arrestato domani.

Gold lo fissò dritto negli occhi. - Chi ve lo ha detto... e che cosa sapete di Willetts?

- Non importa chi me l'abbia riferito, è la verità. E so per certo che Willetts è il capo della banda che sta seminando in giro dei soldi falsi, la stessa banda che ha sequestrato il vostro Maple.

- Davvero?

Una strana espressione passò negli occhi di Wentworth Gold.

- Non esiste ombra di dubbio - proseguì Helder. - Willetts è già ricercato per falso. Ha un ufficio nella City che gli serve ovviamente quale copertura della sua vera attività. È un delinquente, credetemi.

- Lo conoscete? - domandò Gold incuriosito.

- L'ho visto - rispose l'altro. - E lo conosco bene. È un mio coetaneo e siamo stati entrambi studenti a Parigi.

- Anche Comstock Bell è un vostro coetaneo? - domandò Gold.

- Sì, ma Bell e Willetts hanno anche studiato assieme. Durante le ore di studio, Willetts era un ragazzo posato e puntiglioso ma di sera si scatenava. Dopo lo scandalo, è scomparso da Parigi e non ne ho più sentito parlare fino a poco tempo fa.

- E credete che sia lui a mettere in circolazione quel denaro falso?

- Ne sono sicuro - rispose Helder eccitato - come sono sicuro che Bell sia stato suo complice.

- Una storia assurda - commentò Gold in tono enfatico. - Bell dispone di un notevolissimo patrimonio. È possibile che da giovane abbia commesso qualche sciocchezza, ma non c'è motivo al mondo per cui debba ripetersi adesso. Come sapete che Willetts stia per essere arrestato?

Helder scosse il capo sorridendo.

- Questo sta a voi scoprirlo. - rispose. - Io lo so.

*****

Quella sera, a notte fonda, un uomo dall'andatura leggermente claudicante e le spalle ricurve attraversò Finsbury Square.

A quell'ora tarda c'era poca gente in giro e il gendarme di turno l'osservò a lungo più per ingannare la noia che per senso del dovere.

Inoltre era l'infermità stessa dell'uomo ad attirare l'attenzione. Indossava un impermeabile nero, un cappello a larghe tese mentre i lunghi capelli, tirati all'indietro, facevano pensare a un musicista.

Il misterioso individuo raggiunse Broad Street, percorsa soltanto da pochi pedoni diretti alla stazione, per poi proseguire verso Bank Street.

Se qualcuno si fosse preso la briga di seguirlo, si sarebbe chiesto perché mai facesse un percorso così tortuoso, a meno che non volesse ammazzare il tempo. Mentre un campanile della City battè le undici, si ritrovò nell'ampio spazio aperto dietro il Royal Exchange. Un uomo, che stava lentamente passeggiando lungo il marciapiede di Treadneedle Street, gli si fece incontro.

- Ah, Clark - gli domandò l'uomo parlando in francese. - Non avete nessuna lettera?

- No, signor Willetts - fu la risposta. - C'è del lavoro per me?

Il suo francese era palesemente scolastico, corretto nella costruzione ma con un inconfondibile accento inglese. L'uomo che aveva chiamato Willetts scosse il capo.

- Stasera... no - rispose.

- Sono venute delle persone a cercarvi - proseguì Clark - e mi hanno chiesto dove vi eravate cacciato.

- Oh! - commentò l'altro con noncuranza. - Potrebbe succedere spesso... direte che sono all'estero. C'è dell'altro?

- No, monsieur.

- Allora, buonanotte.

Con un brusco cenno del capo l'uomo con l'impermeabile si accomiatò dal suo interlocutore e, zoppicando, proseguì in direzione di Cheapside.

Due uomini lo stavano seguendo. Non avevano avuto difficoltà a tenerlo d'occhio perché le strade erano deserte e lui stava camminando molto lentamente.

Era quasi arrivato a Cheapside quando incrociò un taxi e gli fece cenno di fermarsi.

Uno dei segugi accelerò il passo riuscendo ad afferrare le istruzioni impartite al conducente, poi tornò indietro e riferì al suo compagno.

- Sta andando all'Ambasciata Americana - disse a voce bassa.

Venne fermato un altro taxi.

- Seguite quell'auto laggiù - ordinò il più tarchiato dei due - senza perderla mai di vista.

Il tassista si portò la mano alla visiera e si attenne alle istruzioni, tenendosi alla distanza di una decina di metri.

Gli occupanti della seconda vettura si accorsero che la prima aveva svoltato in direzione di Park Lane. Essendo previsto un ulteriore cambiamento di destinazione, uno di loro disse al conducente: - Fermatevi a una cinquantina di metri dall'Ambasciata Americana, a meno che l'altra auto non prosegua.

In effetti, arrivato davanti all'Ambasciata, il primo taxi svoltò e rallentò, come se intendesse fermarsi.

Fu una mossa astuta. La seconda vettura si arrestò, in conformità alle istruzioni ricevute. I due uomini saltarono giù e davanti al loro naso si riaccesero i fanalini di posizione del taxi che stavano tallonando e li videro scomparire progressivamente dalla loro vista. La preda svoltò dentro e fuori incroci, attraversando le ristrette vie di passaggio che erano talmente numerose in quell'aristocratico quartiere, che gli inseguitori temettero di perdere di vista la vettura.

Cosa che purtroppo avvenne in un ingorgo di traffico a Oxford Street e l'uomo più tarchiato prese a bestemmiare con veemenza. Saltò giù dal taxi, pagò il conducente e, assieme al compagno di viaggio, ritornò sui suoi passi evitando le strade troppo illuminate.

- Ci ha fregati per bene - commentò l'uomo tarchiato.

L'altro grugnì. Era un individuo di poche parole, un uomo alto e mal rasato con una cicatrice sul mento.

- Farai meglio a tornare indietro - consigliò l'uomo tarchiato e, cacciandogli la mano in tasca, gli porse del denaro. - Io vado a parlare con il capo.

Mezz'ora dopo, mentre Cornelius Helder stava passeggiando pigramente per Upper Brook Street, venne affiancato dall'uomo tarchiato.

- L'ho perso - disse.

- Siete uno stupido - sentenziò l'altro adirato. - E suppongo abbiate mostrato il vostro brutto ghigno a ogni poliziotto della City.

- Smettetela - reagì l'altro. - Ultimamente ho fatto abbastanza per voi... anzi troppo, direi. Questa settimana mi sono spaventato a morte vedendo la mia descrizione sui giornali.

- Non avete motivo per preoccuparvi - sostenne Helder. - Nessuno vi ha descritto così bene da rendere possibile un eventuale riconoscimento.

- Non intendo correre alcun rischio - affermò l'altro. - Soltanto il pensiero mi fa accapponare la pelle.

- La colpa è solo vostra - lo accusò Helder. - Non dovevate far altro che contattare quel vecchio e convincerlo a venderci la roba a un certo prezzo.

- Sono nervoso - confessò l'altro. - Ehi - esclamò afferrando Helder per un braccio - siete voi il pezzo grosso, non è vero? E se dovessero incastrarci, sareste in grado di tirarci fuori dai guai?

- Improbabile - rispose Helder con freddezza.

- Allora, per Dio, metterò di mezzo anche voi! - minacciò l'altro con fervore.

- Improbabile - ripeté Helder. - Io non so niente. Voi siete uno sciocco a preoccuparvi, ma ancora più sciocco a minacciarmi. Vi tengo in pugno - e così dicendo fece un gesto indicativo con la mano. - Non esiste il minimo indizio che mi metta in relazione con la scomparsa di Maple. Se aprirete la bocca, sarà tanto peggio per voi.

Sotto la luce di un lampione Helder scorse il volto del suo interlocutore: era madido di sudore mentre la bocca fremette in maniera convulsa.

- Io non c'entro con questa storia - protestò. - Carl si è comportato così perché glielo avete detto voi. Per lo stesso motivo io ho dovuto occuparmi di quel Gold. E adesso dite che non c'entrate... oh, no!

Per fortuna stavano transitando in una via molto tranquilla. L'uomo alzò la voce in un accesso di rabbia.

- Sono stanco. - Si lamentò, - stanco di questa partita - affermò. - Mi ritiro.

- Non lo farete - obiettò Helder senza scomporsi.

- Torno indietro - ripeté ostinatamente, - ho chiuso con voi.

Helder scoppio a ridere; non c'era bisogno di mutare tattica.

- Datevi un contegno... - lo investì. - Non mi piace sentire scempiaggini simili da parte di un uomo di fegato di Chicago, uno di quelli che passano per "duri". Non avete nulla da temere, Billy - diede all'altro una pacca sulla schiena - e ben presto la gloria vi bacerà in fronte. Senza ombra di dubbio, entro due anni possiederete uno dei più bei locali nei quartieri alti e un'automobile che, alla domenica pomeriggio, vi porterà lontano da Coney Island.

Ma quello non era un tipo che si lasciasse convincere tanto facilmente. Si trovava in un Paese straniero, in opposizione a forze che ancora non riusciva a quantificare.

Soltanto in prossimità di un bar di Soho ritrovò un po' di serenità di giudizio e divenne addirittura allegro ed estroverso.

Capitolo XI
Un matrimonio fuori dal comune

Esistono giornate nell'esistenza di un uomo o una donna qualsiasi che sono talmente simili alle altre, così anonime, che è impossibile ricordarle sia totalmente che parzialmente per la peculiarità di un determinato avvenimento. In maniera analoga esistono giornate che vengono contrassegnate dalla tragedia e da episodi del tutto eccezionali, tali da risultare indimenticabili in ogni ora e momento, che rappresentano un intero periodo della propria vita. Per tutti i protagonisti di questa vicenda, uno di questi giorni fu senza dubbio il quattordici di maggio, che si può ricostruire con esattezza quasi cronologica.

Alle sette di quel mattino Cornelius Helder uscì dalla sua casa di Curzon Street.

Era una splendida giornata di primavera e il cielo era senza una nuvola. L'americano aveva l'aspetto di chi non aveva dormito bene e sul suo volto stagnava un pallore giallastro, tipico di chi trascorre le nottate in ambienti chiusi, saturi di fumo. Però Helder era innocente per tali esperienze; inoltre si era rasato e vestito con cura.

A passo lento cominciò ad avviarsi verso la City. A quell'ora le strade erano frequentate soltanto da bottegai, garzoni del lattaio e spazzini. Pochissimi negozi, del genere meno raffinato, avevano già le saracinesche alzate. A Regent Street non vide altro che donne dal passo svelto e giovani commesse che si recavano al lavoro.

Si chiese con una certa amarezza che tipo di notte avesse trascorso Comstock Bell. E la ragazza... dov'era in quel momento? Forse era in arrivo dalla sua villetta in periferia con un biglietto di terza classe, probabilmente in una carrozza affollata di operai, per sposare uno dei più ricchi uomini di Londra.

La sua mente era affollata da simili, inconsueti pensieri. Acquistò un giornale del mattino, uno di quelli specializzati in cronaca spicciola. Lo scorse rapidamente per vedere se contenesse qualche notizia in merito all'arresto di Willetts. Neppure il minimo accenno.

Così Comstock Bell aveva deciso di aspettare d'essere sposato e fuori dal Paese prima di portare a termine il suo piano sleale. Che tipo di influenza aveva la ragazza su di lui? Qual era il mistero di questo matrimonio improvviso? Helder non l'aveva mai conosciuta prima che mettesse piede nel suo ufficio e Comstock Bell non era il tipo da perdere la testa per un bel faccino.

Doveva esistere qualche altro motivo determinante per quel matrimonio: ma quale? Con il volto inconsciamente rabbuiato, imboccò Regent Street parzialmente lambita dai primi raggi del sole.

Alle otto si ritrovò a Green Park, sempre assorto nelle sue elucubrazioni sulle nozze di Comstock Bell. Doveva esserci qualche spiegazione. Di solito Helder era un uomo ben informato e non aveva avuto difficoltà ad appurare dove e quando avrebbe avuto luogo la cerimonia: la parrocchia di Marylebone alle nove in punto.

Gold, Comstock Bell e la ragazza si sarebbero incontrati al Great Central per la colazione e la coppia avrebbe lasciato Londra con il treno delle undici diretto sul Continente.

Nei confronti di Verity Maple non provava alcun sentimento. Non era né geloso né amareggiato per il fatto che la ragazza, la quale lo aveva respinto con tanta decisione, avesse provato verso quel Bell un'attrazione sufficiente da spingerla a diventare sua moglie nell'arco di un così breve tempo; secondo la sua teoria, se si attribuiscono ai propri simili le peggiori motivazioni per il loro comportamento, si è sicuri di fare centro nove volte su dieci. Pertanto aveva giudicato la scelta della ragazza mettendo semplicemente a confronto il suo conto in banca con quello di Bell, senza credere che lui avesse avuto intenzione di sposarla.

A onor del vero, il matrimonio con chicchessia costituiva l'ultimo dei suoi pensieri.

Quasi sicuramente si sarebbe imbattuto in Gold in quanto, nei mesi primaverili, l'investigatore amava passeggiare fra i vialetti di Green Park. Era abbastanza anziano per avere delle abitudini ben radicate. Helder non venne disilluso nella sua aspettativa. Mentre il Big Ben suonò le otto e un quarto, vide l'americano venire verso di lui.

Gold non si sorprendeva mai di nulla e così non si stupì nel vederlo. I due si fermarono a parlare mentre Gold gettava imparzialmente manciate di briciole di pane ad anatre e a passerotti.

- Immagino che farete da testimone - buttò lì dopo un po' Helder con un sorrisetto malizioso.

- Qualcosa di simile - rispose senza distogliere lo sguardo dai passerotti.

- Che significato ha?

- Che significato ha che cosa... il matrimonio?

- Sì, si tratta di un avvenimento alquanto inaspettato, non vi pare?

- Tutti i matrimoni sono inaspettati o per l'uno o per l'altro - sentenziò Gold.

- Credete che formino una coppia giusta?

- Dio ce ne scampi - esclamò serissimo il poliziotto. - A quanto mi risulta, le uniche due persone che si sono presentate all'altare, sicure d'essere fatte l'una per l'altra, a detta dei loro amici, furono Adamo ed Eva, e ciò è successo molto prima che io venissi al mondo. Le affinità fra coniugi sorgono soltanto molto tempo dopo la cerimonia nuziale... affinità nei confronti di qualcun altro.

Helder scoppiò a ridere; bastava poco per divertirlo.

- Parlate come uno scapolo - commentò. - Avete avuto la conferma di quanto vi ho riferito sul conto di Willetts?

Gold annuì.

- Sì, lo arresteranno stasera.

- Quando Comstock Bell avrà preso il volo, non è vero? - sogghignò l'altro. - Sapete, non mi sento proprio orgoglioso che sia un mio compatriota.

Gold lo guardò fisso negli occhi.

- Anche lui mi sembra che non si sia mai vantato di ciò - commentò. - Su certi argomenti è estremamente reticente.

Diede un'occhiata all'orologio.

- Adesso devo proprio andarmene - annunciò. - Comunque voi non avete un bel aspetto.

- Oh, sto benone - lo tranquillizzò Helder. - Solo che in questo periodo sono tormentato da una forma d'insonnia.

- Dovreste approfittarne per migliorare le vostre conoscenze nel campo della letteratura - gli consigliò Gold. - Mi permetto di suggerirvi di cominciare con un libricino che mi è capitato fra le mani l'altro giorno.

- E quale sarebbe il titolo?

- Il *"Codice di Polizia Metropolitana"* - rispose Gold. - Una raccolta di consigli rivolti ai giovani poliziotti, ma attentamente seguiti anche da numerosi criminali.

Scoppiò a ridere, divertito dalla propria battuta, mentre Helder, dal canto suo, non riuscì a decidersi se stare allo scherzo, allarmarsi o arrabbiarsi.

*****

I primi ad arrivare all'albergo furono Comstock Bell e la ragazza, che giunsero quasi contemporaneamente. L'uomo le diede il benvenuto con un sorriso. La giovane aveva un'espressione pensierosa e, a suo avviso, sembrò ancora più bella del solito. Era strano che, fino al momento del loro incontro nell'atrio del sontuoso Great Central Hotel, non avesse mai pensato alla sua bellezza. Forse gli era passato per la mente che si trattasse di una creatura piacevole da guardare, che bastasse la sua presenza a rallegrare il cuore, ma non si era mai soffermato ad analizzare le cause di tali sensazioni indefinite e indefinibili.

Comstock Bell non si era mai innamorato di nessuna donna e adesso stava per sposare quella ragazza. Si trattava di un matrimonio di convenienza, se mai ce n'era stato uno. Eppure provò un certo conforto, quasi un compiacimento, nel pensiero che la donna che stava per prendere il suo nome, che avrebbe abitato nella sua casa, dalla quale il suo destino dipendeva in così grande misura, fosse stata privilegiata in maniera così particolare dalla natura. La giovane indossava un semplice abito bianco, con un tocco di lilla in vita, e un cappello a larghe tese bianco e nero.

- Abbiamo circa cinque minuti prima che arrivino gli altri - le comunicò scortandola verso una poltroncina.

- Non vi siete pentita del passo che state per compiere?

- Non è il caso di parlare di pentimenti - affermò Verity con decisione. - Ieri sera ho preso una decisione definitiva e irrevocabile.

- Io... - cominciò Bell.

- Lo so - lo interruppe la ragazza - dovete dirmi qualcosa, qualcosa di grosso. Ma so anche che posso aiutarvi e che voi mi sposate proprio per questo motivo, che io non vi amo e voi non amate me. Ci siamo buttati in questa faccenda con gli occhi ben aperti: per favore Dio, fate in modo che tutto andrà bene.

- Non ci resta che dire “amen” - sentenziò lui con aria solenne. - Ecco il signor Gold.

L'investigatore stava scendendo la scalinata; non capitava spesso di vederlo col cilindro ed era del tutto inconsueto che fosse già in piedi a quell'ora del mattino. Il terzetto si spostò nella saletta destinata alla prima colazione, che risultò una formalità del tutto prosaica; la ragazza dimostrò pochissimo appetito e Comstock Bell piluccò soltanto qualche cosa. Gold, che non era coinvolto e inoltre non stava per sposarsi, mangiò invece di gusto, sia perché scoppiava di salute, sia perché era in piedi dalle quattro del mattino, sebbene nessuno dei suoi compagni di tavola lo sospettasse.

- Dove intendete andare? - domandò.

- Da qui raggiungerò Parigi - annunciò Comstock Bell con aria decisa - poi Monaco e successivamente Vienna. Mi piacerebbe anche raggiungere Budapest, dopo di che non ho ancora dei piani ben precisi.

- Purtroppo per voi, vedo che le condizioni del vostro dito non sono migliorate - disse Gold indicando la mano fasciata.

Comstock Bell sorrise.

- Quasi non me ne accorgo - commentò. - Anzi, mi sto tanto abituando alla macchina da scrivere che credo rinuncerò per sempre all'antiquata abitudine di redigere le mie lettere a mano.

- Ve la porterete appresso? - domandò Gold.

- Sì, dispongo di un particolare modello da viaggio - rispose il giovanotto - sebbene, quando ho fatto l'ordinazione, non pensassi certo di servirmene a così breve scadenza.

- Probabilmente vostra moglie sarà in grado di farvi da assistente - suggerì Gold, rivolgendo alla ragazza un caldo sorriso.

- Per sua sfortuna o fortuna - proclamò Comstock Bell - non si intende di questa tastiera: non è del tipo universale.

La conversazione ebbe un momento di stasi, e Bell fece un cenno al cameriere.

- Portatemi un modulo da telegramma - chiese.

Dopo pochi minuti l'uomo tornò con un modulo e un tampone assorbente.

- Devo scrivere per voi? - domandò Gold.

- No, grazie, credo che riuscirò a cavarmela - rispose il giovanotto con un leggero rossore, prima di mettersi laboriosamente a scrivere. Il telegramma era indirizzato a "Lauder, Landview Cottage, Gravesend" e il testo era costituito da un'unica parola: *"Procedete"*.

A Gold avrebbe fatto piacere conoscere il tenore di un telegramma inviato da un prossimo sposo, ma la sua curiosità non venne soddisfatta in quanto Comstock Bell, subito dopo aver terminato l'incombenza, piegò il modulo in due e lo porse al cameriere assieme a mezza corona.

- Provvedete affinché sia spedito subito - disse - e portatemi il conto. Poco dopo il terzetto uscì in strada. Bell non si servì del taxi, preferendo percorrere a piedi la breve distanza che li separava dalla chiesa.

Nel tempio c'erano soltanto un inserviente e un sacerdote che vennero loro incontro lungo la navata. Mentre gli sposi attesero accanto alla balaustra che arrivasse l'officiante, giunse a loro il brusio della città che si andava risvegliando. Se Comstock Bell si fosse mai soffermato a pensare alla giornata del suo matrimonio, non avrebbe certo immaginato nulla di simile. Quanto alla ragazza, di fronte all'avvenimento più straordinario della sua vita, sembrò estraniata dalla irrealtà della situazione.

Arrivò il celebrante con un libricino rosso e subito cominciò a pronunciare in maniera meccanica e cantilenante le parole solenni che li avrebbero uniti per sempre. Vennero poste le domande di rito, seguì lo scambio delle fedi, dopo di che passarono in sagrestia per firmare i registri. Il celebrante si lasciò andare a qualche vago commento sulla mitezza del clima, esternando la sua speranza di poter godere finalmente di una vera estate inglese. Comstock Bell replicò con analoghe banalità. Gold pagò il dovuto, diede la mancia al sagrista che era stato uno dei testimoni e, subito dopo, il signore e la signora Bell uscirono nella via assolata.

Nessuno, vedendo il gruppo emergere dall'androne della chiesa, sospettò di star assistendo all'inizio di uno dei più celebri misteri che avrebbero tenuto desta l'attenzione di tutta Londra.

Bill diede un'occhiata all'orologio.

- Abbiamo ancora un'ora davanti - commentò. - Tutti i vostri bagagli sono alla stazione, non è vero?

Verity annuì. Lui le sorrise gentilmente.

- Vorrei chiamarvi Verity, vi dispiace?

- Ve lo avrei proposto io - rispose la ragazza.

Wentworth Gold era un ascoltatore interessato. Era una cosa straordinaria, pensò; al pari della ragazza era colpito dall'irrealtà di tutta la faccenda.

Ecco davanti a lui due persone unite per la vita, un milionario e una giovane assolutamente al di fuori del suo ceto sociale. Parlavano come se fossero stati presentati di recente, legati da una conoscenza appena più che superficiale. Gold si domandò quanto a lungo fosse durato il corteggiamento se corteggiamento ci fosse stato. Si sorprese a fare congetture sul corredo della ragazza: come era riuscita a metterlo assieme a meno che non ci fosse stato un accordo precedente fra di loro? In quel preciso momento qualsiasi incertezza venne dispersa dalle parole di Bell.

- Acquisterete tutto quanto vi necessita a Parigi - le disse quest'ultimo.

- Non mi servirà molto - fu la pacata risposta.

Comstock Bell diede un'altra occhiata all'orologio, si mise a ridere e la ragazza lo ricambiò con un sorriso quasi complice.

- Non abbiamo nulla da fare per un'ora - disse lo sposo. - Andiamo a fare due passi nel parco. Venite anche voi, Gold.

Wentworth non era un uomo di mondo e non s'intendeva quasi di cerimonie nuziali e relativi comportamenti. Inoltre la sua condizione di scapolo si era cristallizzata a un punto tale che, nella sua mente, il matrimonio si configurava unicamente come una serie di misteriosi complotti fra marito e moglie in merito a quanto avrebbero mangiato per cena. Tuttavia si rese conto, grazie all'innato buonsenso, che a quel punto avrebbe dovuto congedarsi e lasciare la coppia felice alla loro intimità.

Si era già preparato un fantomatico impegno e stava per esprimere il suo rincrescimento di non poter godere oltre della loro piacevole compagnia quando Bell rese inutile la bugia.

- Desidereremmo che ci accompagnaste al treno - affermò. - Se siete disposto ad annoiarvi per un'altra ora in nostra compagnia, Verity ed io ne saremmo molto felici.

Un taxi li portò a Regent's Park, dove si misero a passeggiare lungo i deliziosi corsi d'acqua, parlando di tutto all'infuori che dei progetti immediati di Bell. A mano a mano che si avvicinò la partenza, l'uomo diventò irrequieto e sembrò avere la testa altrove.

All'improvviso, senza nessuna perifrasi, si rivolse a Gold.

- Suppongo - domandò - che Helder vi abbia detto che ho tradito quel Willetts, non è vero?

Gold venne preso alla sprovvista, non riuscendo a capire come il giovanotto fosse venuto a conoscenza della cosa.

- In effetti mi ha accennato a qualcosa del genere - ammise. - Tuttavia non ripongo molto affidamento nelle sue parole.

- Stavolta potete fidarvi - proseguì Bell in tono pacato - ho tradito Willetts e ho avuto un buon motivo per farlo.

- È stato arrestato? - domandò Gold.

- Non ancora - rispose l'altro. - Ho fatto in modo che ciò non avvenisse prima della mia partenza dall'Inghilterra.

Sembrò una cosa crudele a dirsi, una confessione inattesa da parte di un uomo con i principi di Bell. Gold lo ammise a se stesso con un moto di disappunto. C'era qualcosa di oscuro nel comportamento del milionario; tradire un uomo, per qualsiasi motivo, e poi defilarsi per evitare le possibili conseguenze di un gesto così poco nobile.

- Sono felice che me lo abbiate detto - commentò con freddezza. Comstock Bell lo fissò con quei suoi seri occhi grigi, leggendogli nel volto lo spiacevole verdetto.

- Potete pensare di me ciò che volete - sentenziò.

In breve raggiunsero Victoria Station dove uno scompartimento era stato riservato alla giovane coppia.

- *Au revoir* - annunciò Gold tendendo la mano.

Bell gliela strinse con vigore.

- Lo spero - rispose il giovanotto. Era palesemente distratto, come se i suoi pensieri fossero già rivolti altrove, e Gold avvertì un moto di irritazione. Lanciò un'occhiata furtiva alla sposa: era difficile determinare, nella bellezza del suo viso, se fosse più o meno pallida. Forse un po' lo era e aveva gli occhi cerchiati, come se non avesse dormito bene.

Le strinse la mano, formulò i soliti convenevoli e rimase sul marciapiede finché il treno non scomparve in lontananza.

- Un matrimonio davvero fuori dal comune - mormorò.

Si girò, uscì dalla stazione, e andò quasi a sbattere contro Helder, che aveva assistito alla partenza. Gold lo fissò con aria di disapprovazione.

- Se non sapessi, - commentò con freddezza - che siete un uomo del tutto integerrimo e inoffensivo, - espose con estrema determinazione e con il preciso intento di risultare offensivo - direi che ci stavate spiando.

L'altro sorrise.

- E sarebbe la verità - scherzò l'accusato. - In effetti vi stavo tenendo d'occhio. Il matrimonio di Bell interessa a me, come a voi, e vi rivelerò in tutta franchezza... mi crediate o meno... che non so il perché mi coinvolga.

- Mi sorprendete - fu l'asciutta replica di Gold - avrei pensato che uno come voi non faccia nulla senza un valido motivo.

Helder scoppiò a ridere.

- Questo mio comportamento può essere considerato del tutto eccezionale - spiegò.

Gli sarebbe piaciuto accompagnare Gold ovunque l'investigatore dell'Ambasciata avesse avuto intenzione di andare, ma quest'ultimo manifestò chiaramente il suo desiderio di rimanere solo. Proprio per quel motivo Gold evitò il club, immaginando che vi avrebbe ritrovato Helder.

Preferì quindi mettersi a sbrigare del lavoro arretrato e iniziare la bozza di un rapporto da inviare al Ministero del Tesoro di Washington.

Si recò da Terriers' soltanto all'ora di cena e vi trovò due telegrammi, entrambi da parte di Bell: uno proveniente da Dover; lo si ringraziava per la sua gentilezza. L'altro da Calais, da dove era stato spedito alle tre del pomeriggio. Il testo, alquanto ermetico, diceva: *"Vorreste vedervi domani con Parker il mio domestico? Oggi gli ho concesso una giornata di vacanza. Chiedetegli di inoltrare le mie lettere."*

Gold depose il telegramma sul tavolo. Perché non era stato spedito direttamente a Parker? E come mai un uomo metodico come

Bell si era dimenticato di istruire i domestici prima della partenza? Sorrise.

- Suppongo - disse fra sé e sé - che quando i giovani si apprestano a sposarsi, dimentichino piccoli, banali particolari come l'inoltro della corrispondenza.

Annotò l'incombenza sull'agendina, per essere sicuro di non dimenticarsi, e cenò in fretta. Doveva leggere delle lettere che gli erano state inoltrate dall'Ambasciata, il cui tenore non sarebbe stato certo piacevole. Le visionò con filosofia, le ripiegò e se le mise in tasca.

Helder era seduto a un altro tavolo, apparentemente immerso nella lettura di un quotidiano della sera, ma Gold pensò subito che si trattasse di una posa. Qual era lo scopo di quell'uomo? Non era certo il tipo che perdeva tempo nel tentativo di soddisfare una piccola curiosità. Prefiggendosi di scoprirlo, Gold lo avvicinò.

- Vado a fare una passeggiata - annunciò. Mi accompagnate?

- Con piacere - rispose l'altro alzandosi prontamente.

In quel momento a Gold venne in mente che l'indomani avrebbe avuto un impegno programmato e che forse non sarebbe riuscito a incontrarsi con Parker. Prese una busta dalla saletta di scrittura, vi infilò il telegramma e lo indirizzò al maggiordomo. Adesso la passeggiata avrebbe avuto una meta: la cassetta delle lettere di Cadogan Square, dove si trovava l'abitazione di Bell.

I due uomini lasciarono il club insieme.

- Adesso vi farò una domanda diretta - annunciò Gold - alla quale gradirei una risposta altrettanto diretta.

- Ciò suona difficile - obiettò Helder - ma mi sforzerò di compiacervi. Che cosa volete sapere?

- Perché siete tanto interessato ai movimenti di Comstock Bell? - domandò il poliziotto.

- Tutto il mio prossimo mi interessa - fu la risposta.

- Ma non al punto di indurvi a sprecare del tempo prezioso, se ben vi conosco - obiettò Gold. - C'è senz'altro sotto qualcosa.

Per un po' i due procedettero in silenzio, poi Helder prese a parlare, non senza una certa riluttanza.

- Voi siete un suo amico, e non vorrei che ve ne aveste a male.

- Ciò si verificherà in maggior misura - ribadì Gold - se vi limitate a buttare lì accuse a cui vi rifiutate di dare fondamento.

- Beh, sarò sincero - riprese Helder dopo un'altra pausa - sono convinto che Comstock Bell sia un "cattivo soggetto", per dirla con un eufemismo.

- Tutto qui? - domandò asciutto.

- Non è abbastanza?

- Il semplice fatto che lo crediate un "cattivo soggetto" non basta a persuadermi che lo sia veramente - proseguì Gold. - Immagino che se le persone venissero incarcerate in seguito a delle opinioni personali, solamente immaginate sul loro conto, le prigioni di questo Paese sarebbero traboccanti di miscredenti colpevoli di ipotetici reati contro quella che noi definiamo la morale comune. Non avete da dirmi nulla di più concreto?

- Credo stia barattando la sua libertà con quella di un altro uomo - asserì Helder con fare solenne.

Gold sorrise. - Secondo me, invece, la verità sta nel fatto che Bell conosce qualcosa sul vostro conto che voi preferireste ignorasse e non vi darete pace finché non lo saprete lontano.

Il volto di Helder arrossì nella semioscurità.

- Un'ipotesi assurda - si schermì.

Ormai erano arrivati in Cadogan Square e, avvicinandosi alla casa di Comstock Bell, Gold tirò fuori la busta dalla tasca.

- La infilerò nella cassetta delle lettere - disse. - Si tratta di istruzioni per i domestici di Bell.

Arrivarono davanti al palazzo, un edificio vecchio stile costruito al tempo in cui la padrona di casa esigeva di poter tener d'occhio dal soggiorno, i gradini che portavano dalla strada all'ingresso principale.

- C'è qualcuno fermo sulle scale - osservò Helder.

Gold alzò lo sguardo.

Nell'ombra distinse la sagoma di un giovane, evidentemente appena arrivato, dal momento che stava ancora cercando il pulsante del campanello.

- Chi di voi è il signor Comstock Bell? - domandò vedendoli avvicinare.

Gold rise sommessamente.

- Nessuno, il signor Bell è fuori città.

- E voi siete un suo amico? - chiese di nuovo lo sconosciuto.

- Non capisco il perché... - cominciò Gold.

Il giovanotto mostrò un tesserino.

- Mi chiamo Jackson e sono un inviato del *Post Journal* - annunciò. Siamo venuti a sapere che il signore in questione si è sposato oggi.

- Un giornalista, eh?

Prima di lasciarsi andare a qualsiasi ulteriore commento, Gold fece scivolare nella buca delle lettere la busta che aveva portato con sé.

- Sì - continuò con un tono scherzoso - e posso rivelarvi solo quanto il signor Bell gradirebbe voi sapeste. Si è sposato stamane e subito dopo è partito per Parigi.

- Sareste così gentile da rivelarmi il nome della sposa? È alquanto importante per me, non vi pare... - sorrise. - Dovete sapere che i nostri lettori sono molto interessati ai giovani milionari e alle loro consorti.

Gold esitò. Dopo tutto, pensò, non c'era motivo per tenere all'oscuro la stampa e comunque, anche se si fosse rifiutato di rispondere, non sarebbe stato difficile per quella gente risalire alla persona in questione.

- Ha sposato la signorina Verity Maple - affermò.

Il giornalista si lasciò sfuggire un fischio.

- E forse la nipote dell'uomo che...

Gold annuì.

- Potete scordarvi quel particolare figliolo - mormorò.

Il giornalista si rimise il taccuino in tasca.

- Possiedo una memoria troppo buona per dimenticarmi della

signorina Maple - commentò asciutto. - Non è facile scordare una simile bellezza e io ho avuto modo di ammirarla in occasione della misteriosa scomparsa dello zio.

Durante lo svolgimento della conversazione i due si erano trattenuti sui gradini mentre Helder passeggiò con impazienza lungo il marciapiede in attesa che terminassero.

- Vi ringrazio molto per la vostra gentilezza - stava dicendo il giornalista mentre scese le scale assieme a Gold, quando Helder uscì in un'esclamazione improvvisa, con gli occhi rivolti alla finestra del soggiorno.

- Guardate - sussurrò.

Gold seguì la direzione del suo sguardo e rimase ammutolito dallo stupore: ritta dinanzi alla finestra, con un'espressione tesa e sconvolta, c'era Verity Comstock Bell che, fino a quel mattino, era stata semplicemente Verity Maple.

La giovane stava fissando la strada e il riverbero del lampione ne rivelò il volto inquieto, la piega amara della bocca, lo sguardo vitreo, la fronte corrugata di chi non riesce a distogliere i pensieri da un terribile problema.

Per un attimo la ragazza rimase in quella posizione, poi, quando i tre uomini entrarono nel suo campo visivo, si ritrasse nel buio.

Capitolo XII
La breve apparizione di Willetts

- Avete visto? - farfugliò Helder dando l'impressione di essere oltremodo allarmato per quella apparizione.

Gold sentì aumentare le pulsazioni mentre un sudore freddo cominciò a imperlargli la fronte. C'era qualcosa di spettrale nella fugace apparizione di quella donna che, secondo i suoi calcoli, avrebbe dovuto trovarsi a centinaia di chilometri da Londra, al di là della Manica.

Si attardò in fondo ai gradini con aria titubante, fece una mossa come se volesse salire, poi si arrestò. Non erano affari suoi, benché l'aspetto palesemente turbato della ragazza avrebbe costituito una scusa sufficiente.

Poi si ricordò del giornalista il quale, in silenzio, aveva assistito a tutta la scena.

Vide i suoi occhi brillare d'eccitazione. Nessun cane da caccia è paragonabile a un cronista consapevole di star fiutando qualcosa di grosso. Ormai la situazione non era più controllabile da parte sua, pensò Gold.

Appoggiò una mano sul braccio del giornalista.

- Signor Jackson - disse. - Questo è un episodio al quale è inutile dare alcun seguito. Il signor Bell è mio amico e questa improvvisa apparizione della moglie, senza dubbio, può essere facilmente spiegata.

- Ne sono certo anch'io - replicò l'altro garbatamente.

Diede un'occhiata all'orologio e il poliziotto avvertì una fitta al cuore.

È possibile corrompere un sacco di gente, anche nell'incorruttibile Londra: “addolcire” un po' quelli della Polizia, ottenere favori insperati comportandosi con discrezione, ma in nessun Paese dove si parli la lingua inglese, sia che fosse Nelson in Nuova Zelanda, la Columbia Britannica, New York, Johannesburg o Londra, si può comprare il silenzio di un giornalista convinto di essere sulla pista giusta.

Tentò un nuovo approccio.

- Il signor Comstock Bell - affermò con aria grave - è un uomo molto ricco e, benché le circostanze di stasera possano sembrare alquanto strane, avranno senz'altro una spiegazione logica. Non mi resta quindi che avvertirvi che il mio amico non esiterà ad adire a vie legali qualora una persona o pubblicazione qualsiasi azzardino ipotesi che potrebbero tornare a suo discredito.

- Non ne dubito - affermò Jackson con la massima educazione e una leggera enfasi - e potete star sicuro che scriverò e riferirò sull'accaduto mirando soltanto a suscitare la simpatia e la curiosità dei lettori, caratteristica peculiare del mio giornale.

Con queste parole si accomiatò. L'investigatore si rese conto che qualsiasi ulteriore sforzo sarebbe stato vano. Rimase a fissare la sagoma del giovanotto che scomparve poi nel buio, attraversò la piazza seguito da un Helder insolitamente silenzioso.

Da parte sua non disse altro, non c'era niente da dire. Così il silenzio si prolungò per dieci minuti buoni.

Ad un certo punto Helder sbottò all'improvviso: - Che significato ha tutto ciò? Deve esserci dietro qualcosa, date retta a me. Conosco Comstock Bell... è capace di tutto. Ma lo scoprirò.

Gold lo afferrò per un braccio mentre l'altro stava per allontanarsi.

- Dove state andando? - domandò con fare autoritario.

- Alla Polizia.

- Siete in cerca di guai - replicò Gold asciutto. - Conosco abbastanza il mondo della carta stampata per sapere che la Polizia troverà tutti gli stimoli che vuole. Inoltre, dopotutto - aggiunse ammiccando - perché far omaggio all'opinione pubblica di una vicenda che oscurerebbe nella maniera più totale la ricomparsa della signora Bell?

Parlò dando peso ai significati, calcando di proposito la minaccia contenuta nel suo discorso.

- Non capisco a che cosa vogliate alludere - ribadì l'altro con voce roca.

- Lo scoprirete uno di questi giorni, Helder - rispose il poliziotto. - Qualora Comstock Bell scoprisse il vostro intervento nel fallimento dei suoi piani, per voi sarebbe la fine.

- Ancora non vi capisco.

- Vi volete rovinare con le vostre stesse mani? - chiarì meglio Gold senza mezzi termini.

Helder abbassò il volto verso quello del suo interlocutore e la sua espressione non promise niente di buono.

- Gold - sibilò fra i denti - mi dicono che siete un investigatore, o meglio una specie di spia di alto bordo e che il vostro compito è quello di scoprire certe cose in ambienti dove, solitamente, gente della vostra estrazione sociale non sarebbe ammessa. Ma se soltanto direte un'altra parola lesiva per la mia reputazione, vi farò cacciare da ogni club di Londra. Intesi?

Gold scoppiò a ridere.

- So per certo che siete un falsario - disse con calma - e credo anche che facciate parte della banda che attualmente sta inondando gli Stati Uniti con banconote false da cinque dollari. Vi confesso in tutta franchezza che non dispongo di prove contro di voi e, con la medesima franchezza, vi assicuro che, qualora le avessi, non avrei pace finché non vi vedessi languire in una prigione americana. Sono convinto che quella tipografia dello Shropshire, che voi affermate di aver avviato per dare posto di lavoro a quei poveri fuoriusciti russi, sia in realtà una copertura per la produzione di banconote false su larga scala. E ora che sapete esattamente quali sono le mie opinioni al vostro riguardo, comportatevi pure come meglio credete.

- Non disponete di alcuna prova - farfugliò Helder.

- Ma che bella scoperta - esclamò Gold lasciandosi sfuggire una risata amara - se avessi in mano delle prove, credete che mi metterei a parlare con voi se non attraverso le sbarre di una prigione? Basterebbe un centesimo di prova per mettere fuori gioco il vostro comportamento criminale.

Si fermarono sotto un lampione. Il volto di Gold era estremamente pallido: per la prima volta in vita sua era stato indotto a mettere in guardia un nemico, comportandosi come uno sciocco, e ciò gli diede sui nervi. Inoltre il suo capo gli aveva inviato delle lettere che lo avevano profondamente turbato: il Dipartimento, che per tutti quegli anni aveva servito con fedeltà e profitto, sembrava aver perso la testa per quei soldi falsi.

- Ho capito - affermò Helder con flemma. - Adesso so come la pensate e mi comporterò in maniera tale da salvaguardare i miei interessi.

Gold annuì col capo.

- Sta a voi scegliere la linea di condotta più opportuna - disse. - Per quanto riguarda il signor Bell, vi dico che potete benissimo andare alla Polizia, ma vi avverto che, se fossi in voi, mi guarderei bene dall'attirare l'attenzione sulla vostra persona.

Con queste parole si allontanò, maledicendosi per essere caduto nel trabocchetto tesogli da Helder per fargli scoprire le sue carte.

A questo punto le difficoltà del suo lavoro sarebbero aumentate a dismisura. Inoltre era un pezzo che si stava comportando in maniera sbagliata. Avrebbe dovuto far perquisire lo stabilimento del Shropshire prima che l'*Informatore Rosso* cessasse la pubblicazione e il personale russo venisse congedato. Adesso era troppo tardi.

Se fosse stato davvero Helder a mettere in circolazione quelle banconote false, ora avrebbe potuto farlo da qualche località segreta che, fino a quel momento, lui e i suoi uomini non erano ancora riusciti a scoprire. Rientrò nel suo appartamento preoccupato. Poi si ricordò che il suo domestico conosceva quel Parker. Suonò il campanello e l'uomo accorse subito.

- Cole - gli disse - conoscete un certo Parker, non è vero?

- Parker... signore - ripeté il domestico.

- Sì, è a servizio del signor Comstock Bell.
- Ah, ho capito. Lo conosco benissimo, signore.
- Oggi il signor Bell gli ha concesso un giorno di vacanza. Dove credi che possa reperirlo?
- Subito, signore? - domandò l'uomo sorpreso.
- Stasera stessa.
- Con ogni probabilità è andato a trovare sua sorella - affermò il domestico - l'unica parente che ha a Londra.
- Dove abita questa signora?
- Dalle parti di Dalston. Devo avere l'indirizzo da qualche parte - rispose l'uomo che subito dopo uscì dal locale e che, con altrettanta rapidità, vi ritornò con l'indirizzo buttato giù su un foglio di carta. Nel frattempo Gold aveva elaborato i suoi piani. Diede un'occhiata al foglietto e disse: - Fatevi portare lì da un taxi e tornate indietro con Parker, se lo trovate. Qualora non ci fosse, ma voi riusciste comunque a contattarlo, conducetelo qui a qualsiasi ora della notte.
- Potrei sistemare questa faccenda in una sola volta - commentò fra sé e sé. - Domani tutti i giornali parleranno di questa storia.

Cercò di leggere ma il volto impaurito di quella ragazza dietro la finestra si frappose fra lui e il libro. Lo depose e cominciò a camminare avanti e indietro per la stanza.

Lo scatto della serratura del portone gli fece capire che Cole fosse tornato.

Si precipitò subito nell'atrio e vi trovò Parker con l'espressione rilassata di chi si è appena goduto una bella e inattesa giornata di vacanza.
- Avete una chiave della casa del signor Bell? - domandò il poliziotto.
- Sì, signore - rispose Parker.
- Vorrei che mi ci accompagnaste.
- È successo qualcosa? - domandò Parker allarmato.
- Nulla, nulla - rispose Gold con impazienza. Non ritenne opportuno far partecipe quell'uomo delle sue apprensioni.

Raggiunsero Cadogan Square. Mezzanotte era passata da un pezzo e le strade erano deserte. Parker aprì il portone.

- Un attimo signore - disse accendendo le luci.

- Per prima cosa andate al primo piano. Bussate alla porta del padrone e constatate se c'è.

- Ma, signore...

- Sbrigatevi! - gli ordinò Gold con fare perentorio.

Parker si precipitò su per le scale e fu di ritorno dopo pochi minuti.

- Siete entrato nella stanza? - gli domandò Gold.

- Sì, signore.

- C'era qualcuno?

- No, per quanto ho visto, signore - rispose il domestico.

- Che stanza è quella? - chiese Gold indicando una porta chiusa.

- Il soggiorno, signore.

- Apritela - ordinò.

Non era chiusa a chiave.

- Molto strano - commentò Parker.

- Che cosa c'è di molto strano? - si affrettò a domandare Gold.

- Questa porta era chiusa a chiave quando sono uscito.

- Qualcun altro possiede una chiave?

- Il signor Bell - rispose Parker. - Tutte le porte di questa casa sono dotate di serrature Yale inserite nel legno in maniera tale da rendere difficile l'individuazione della serratura.

Gold esaminò l'uscio. In effetti non era semplice appurare dove inserire la chiave. Tirò fuori una pila tascabile e cominciò a esaminare la superficie del legno: la serratura era costituita da una fessura estremamente minuscola. L'investigatore la esaminò con attenzione, notando tutt'intorno diversi graffi che giudicò essere stati fatti di recente.

- Chiunque abbia usato la chiave l'ultima volta, non conosceva la posizione della serratura - commentò. - Mi stavate dicendo che il signor Bell possiede un duplicato di tutte le chiavi, non è vero?

- Sì, signore - rispose il domestico.

Il detective aprì la porta ed entrò. L'interruttore della luce era sulla destra. Lo girò e la stanza venne inondata di luce: era vuota. Gold dilatò le narici. - Non sentite niente, Parker? - domandò.

- Sì, signore - rispose il domestico. - In questo locale aleggia un profumo particolare.

In effetti si percepiva una leggera fragranza di violette.

Gold cominciò ad esaminare la stanza con molta attenzione. I mobili erano tutti al loro posto, debitamente coperti da teli per proteggerli dalla polvere. Alle finestre i sistemi antifurto erano perfettamente inseriti e non apparivano manomessi. Nel riquadro di una delle finestre notò una busta rigida. Si chinò, la raccolse e se la mise in tasca. L'aveva riconosciuta a prima vista, era al suo interno che quelli dell'agenzia Cook's avevano sistemato i biglietti ferroviari al momento dell'emissione e lui sapeva che Comstock Bell si era affidato proprio a quell'agenzia per il trasferimento a Vienna.

L'esame del resto della casa non rivelò niente altro di interessante. Era vuoto, non c'era nessuno. La signora Verity Bell era scomparsa.

- Credo che basti così, Parker - commentò l'investigatore una volta terminata la sua ricognizione.

- Non è stato toccato niente? - domandò il domestico sempre ossessionato dall'idea dei ladri.

- No - rispose Gold - non è stato toccato niente.

Lasciò Parker e fece ritorno a casa pensando che, forse, durante la sua assenza, la ragazza si fosse recata lì. Ma non era venuto nessuno.

Ad aspettarlo c'erano invece un cablogramma e un espresso.

Aprì subito la lettera, sperando che fosse di Verity. Invece gli era stata inviata da Scotland Yard, nella persona del commissario Grayson.

"Stasera alle undici, abbiamo arrestato Willetts" diceva il messaggio.

Gold annuì: aveva chiesto a Scotland Yard di tenerlo informato in merito a quel fantomatico personaggio.

Il cablogramma risultò più grave. Gli era stato spedito dal capo del suo Dipartimento di Washington ed era del seguente tenore:

"Tornate subito a Washington. Consulto. Imbarcatevi sul Turanic".

Gold si lasciò sfuggire un paio di imprecazioni. Il *Turanic* sarebbe dovuto partire dall'estuario del Mersey l'indomani. Così trascorse la notte a preparare i bagagli e lasciò Londra alle sei del mattino successivo.

*****

Helder venne a conoscenza dell'arresto mentre era al club, informato telefonicamente da uno dei suoi emissari. Se ne stava seduto nella saletta di lettura a riflettere sugli avvenimenti della nottata quando gli venne portato un telegramma spedito da New York due ore prima. Diceva semplicemente:

"Urgente, raggiungere New York col Turanic".

La firma era quella di un personaggio la cui parola era legge per Helder, per cui si precipitò subito a casa per i preparativi del viaggio. Così l'indomani, sul marciapiede della stazione di Euston, a Gold capitò di incontrare l'ultima persona che si fosse aspettato o avesse desiderato incontrare.

I due uomini fecero la traversata insieme, senza scambiarsi una parola sulle motivazioni del viaggio.

E mentre Gold ed Helder sbrigavano i loro affari a New York, tutta Londra si chiedeva: " Dove sono finiti i coniugi Bell?"

Il *Post Journal* lo chiese dapprima a caratteri cubitali, poi in grassetto nel corso dell'articolo di prima pagina il cui testo, tuttavia, trattandosi di un giornale intelligente, non accennava minimamente al fatto che avrebbe potuto esserci sotto qualcosa di poco chiaro.

Si alludeva soltanto alla possibilità che gli sposini fossero rientrati di nascosto a Londra per trascorrervi in incognito la luna di miele. E venne proposto un breve articolo su Londra come luogo per un viaggio di nozze. Accennò al soprannaturale e auspicò che non fosse capitato nulla alla giovane coppia. In seguito le previsioni divennero più audaci e gli indaffarati corrispondenti europei sparsi ovunque alla ricerca della giovane coppia, segnalarono l'insuccesso.

Dov'era finito Comstock Bell?

I suoi amici ci scherzavano sopra e i giornali concorrenti del Post avanzarono l'ipotesi che quel giornalista avesse preso un grosso granchio oppure avesse voluto creare un po' di scalpore nella cronaca mondana di quel periodo, indubbiamente alquanto noiosa.

A quel punto Jackson si mise alla ricerca dei due uomini che, quella fatidica sera, erano stati testimoni assieme a lui della misteriosa apparizione della signora Bell.

Scoprì soltanto che entrambi avevano lasciato Londra in maniera alquanto frettolosa.

Il sesto giorno successivo alla pubblicazione dell'ultimo articolo sull'argomento, al *Post Journal* venne recapitata una lettera da Lucerna, redatta su carta intestata di un albergo, lo Schweizerhof, con questo testo:

"Egregi Signori,

abbiamo letto con grande interesse, un po' di fastidio e in parte di divertimento, le speculazioni dei vostri incaricati di dove noi trascorreremmo le nostre vacanze, sebbene non fossimo consapevoli che i nostri movimenti avessero creato così tanto interesse.

Vi saremmo molto grati se ci lasciaste godere la riservatezza che è un nostro diritto di individui. Confidiamo che abbiate la cortesia di rendere nota questa cosa ai molti amici che abbiamo a Londra e che il vostro interesse per il nostro benessere vorrà li-

mitarsi alla silenziosa compartecipazione con la quale, ne siamo sicuri, seguite tutti i vostri lettori."

Era firmato "Comstock Bell" e sotto, con grafia femminile, "Verity Bell".

Il direttore del *Post Journal* porse la missiva all'abbacchiato Jackson. Il personaggio in questione, un uomo grande e grosso con i capelli brizzolati e una voce che ricordava il rimbombo del mare, si lasciò sfuggire alcune imprecazioni poco piacevoli all'indirizzo del suo sottoposto.

- A quanto pare ci avete fatto apparire come degli stupidi, Jackson - ringhiò.

Saggiamente il giovane giornalista si astenne da qualsiasi commento. Il direttore suonò il campanello e subito dopo comparve il suo vice, al quale porse il fatidico messaggio.

- Sistemate le cose - gli ordinò. - Spiegate che, pur essendo sicuri che non fosse successo nulla al signor Bell e che la sua scomparsa non avesse niente di misterioso, eravamo interessati all'aspetto romantico della storia...

- Ma - lo interruppe Jackson - a questo punto non varrebbe la pena di contattare il nostro corrispondente di Lucerna per appurare che quella coppia stia veramente soggiornando laggiù?

Il direttore si accigliò.

- Non so se sia il caso di sprecare altri soldi ed energie per questa stupidaggine - affermò. - Se venissero a sapere che stiamo effettuando delle indagini, potremmo incorrere in grossi guai. Comunque adesso qui sono le otto, in Svizzera le nove. Dubito che riusciremmo ad avere in tempo una risposta.

- Potremmo sempre provarci.

Alle undici e mezzo il vicedirettore fece capolino nell'ufficio del superiore.

- È proprio un peccato lasciar perdere quella storia di Comstock Bell - esordì prendendosi una sedia e sistemandosi di fronte alla scrivania. - Non è che si disponga di molto materiale interessante per l'edizione della sera.

- È parso anche a me - convenne l'altro. - Non c'era niente in tribunale?

- Soltanto un paio di casi - rispose l'altro con noncuranza. - Un tale di nome Willetts è stato condannato per aver falsificato una banconota da cinquanta sterline.

- È un avvenimento inconsueto. Non potreste tirarne fuori qualcosa? - domandò il direttore.

Il suo vice scosse il capo.

- L'episodio accadde, non so dove, all'incirca dieci anni fa - spiegò - e quell'uomo ha riconosciuto la propria colpevolezza. Anche le circostanze non presentano niente di sensazionale. A quanto pare il reato venne compiuto a Parigi e non ha avuto seguito.

- Quanto si è beccato?

- Un anno di reclusione - rispose il giornalista.

- Vediamo un po'! - esclamò il direttore con espressione meditabonda. - Quella vicenda risale forse al periodo in cui un gruppo di studenti diede vita a un circolo criminale?

Il vicedirettore annuì.

- Però non risulta nelle prove, ragion per cui non è opportuno farne menzione - proseguì il direttore. - A questo punto immagino che la soluzione migliore sia comunque dare spazio in prima pagina a qualche seduta del Parlamento.

Entrò un fattorino con un telegramma che porse al vicedirettore. Questi lo lesse con attenzione, poi lo passò al suo capo.

- Hmm... - commentò il direttore. - Davvero strano.

Il testo del messaggio era il seguente:

"Né il signor né la signora Bell sono mai stati visti a Lucerna e tanto meno hanno alloggiato allo Schweizerhof".

I due rimasero seduti senza parlare per qualche minuto.

- Chi l'ha spedito? - domandò il direttore.

- Uno dei nostri giornalisti che sta trascorrendo le vacanze a Lucerna. Avevamo ritenuto opportuno, considerate le circostanze, non dipendere dal corrispondente locale.

Il direttore suonò il campanello.

- Mica male - commentò. - Dite al signor Jackson che desidero vederlo - ordinò al fattorino accorso alla chiamata del campanello. - Jackson è in grado di lavorarci. Abbiamo un bel po' di materiale.

In quel preciso istante il giovane giornalista fece il suo ingresso e il direttore gli passò il telegramma.

- Fanne una colonna e in fretta - ordinò.

Capitolo XIII
Un arresto

Wentworth Gold tornò in Inghilterra alla fine di maggio. Il suo soggiorno a Washington era stato più soddisfacente di quanto non avesse sperato. I suoi superiori avevano riconosciuto la difficoltà del suo compito e gli avevano manifestato tutta la loro comprensione. Venne a sapere che era stato convocato in seguito a un'inattesa comunicazione della Casa Bianca, che peraltro non forniva alcuna spiegazione e si limitava a ordinarne l'immediato rientro in America.

Durante il soggiorno a Washington non ebbe mai modo di incontrarsi con Helder, ma aveva ben presente che si trattasse di un uomo avvezzo a trascorrere la maggior parte della sua vita attraversando ripetutamente l'Atlantico da Liverpool a New York.

Ignorava però che la visita del personaggio in questione fosse stata molto delicata. La grande organizzazione criminale per cui lavorava Helder era in stato di allarme e stava sfiorando il panico. Lui si era messo immediatamente in viaggio perché, in seguito a precise informazioni arrivate alle alte sfere di tale organizzazione, i loro piani rischiavano di saltare in aria, a meno che non vi apportassero dei mutamenti decisivi con la dovuta tempestività.

Helder precedette il rientro di Gold di qualche giorno.

Di nuovo in Inghilterra, Gold ebbe tempo di riflettere più a fondo sulla misteriosa scomparsa di Comstock Bell di cui avevano parlato con grande rilievo anche i giornali americani. L'indizio più significativo su cui elaborare qualche ipotesi era stata la scoperta, effettuata da Gold, nella casa di Cadogan Square, ovvero la piccola cartelletta tramite la quale l'agenzia Cook era solita consegnare i biglietti emessi. I due scontrini erano ancora intatti, ad eccezione del tagliando usufruito per il passaggio dei viaggiatori da Londra a Dover e da Dover a Calais. Per il resto del percorso fino a Vienna, i biglietti non erano stati obliterati. Ma per il fatto che il tagliando della ferrovia e del traghetto fossero stati staccati, c'era la possibilità che Bell li avesse incidentalmente dimenticati. Tuttavia il biglietto da Calais ad Amiens era stato punzonato, una possibilità puramente accidentale, attraverso il controllore a Victoria. Ciò faceva cadere l'ipotesi che avessero dimenticato i biglietti nella fretta della partenza.

Al suo arrivo a Londra, Gold si aspettò di apprendere che Comstock Bell fosse ritornato e quindi rimase alquanto sorpreso nel trovare ad attenderlo almeno una mezza dozzina di lettere da parte di quest'ultimo. Una era stata inviata da Parigi il giorno successivo all'arrivo della coppia. Un'altra, redatta a macchina su carta intestata dell'albergo Schweizerhof, fornì minuziosi dettagli del viaggio, descrivendo le condizioni climatiche, peraltro pessime, mentre la terza missiva era giunta da Vienna... la cosa era diventata un mistero. In nessuna si parlava dei biglietti dimenticati, particolare che di solito infastidisce qualunque viaggiatore, per ricco che sia. Gold candidamente ammise a se stesso di non essere in grado di comprendere tutto ciò.

La professione di investigatore, se è degna di esserlo, non ha amici nell'orario di lavoro. Wentworth Gold era un vero investigatore, nonostante la posizione sociale acquisita o la sua dimestichezza nel giro delle alte sfere. Il suo senso della giustizia era superiore a qualsiasi altro. Se Comstock Bell fosse stato suo fratello, si sarebbe messo al lavoro con la stessa prontezza e il medesimo slancio per scoprire le motivazioni di un comportamento tanto misterioso.

Un biglietto di Scotland Yard lo portò nell'ufficio del vicecommissario.

Il capitano Symons era un uomo di notevole abilità, aveva raggiunto tale carica grazie alla valida militanza presso il Dipartimento di Investigazione Criminale. Magro e alto, leggermente calvo, con degli occhi azzurri che sembravano trapassarvi da parte a parte e curatissimi baffetti, era uno dei personaggi più famosi di Londra.

Quando Gold entrò nel suo ufficio privato, si alzò e gli porse una sedia.

- Sedetevi - lo invitò. - Vi ho mandato a chiamare per chiedervi di aiutarmi in questa faccenda di Comstock Bell. I giornali ne parlano in continuazione; lo farebbero di più se conoscessero quanto noi stiamo facendo.

Gold guardò fuori dalla finestra verso la stazione della metropolitana di Embankment.

- Mi riesce difficile capire - affermò con una punta di rincrescimento - perché mai dovremmo preoccuparci o comunque interessarci della cosa.

Il Commissario sorrise con amarezza.

- Nessuna delle circostanze in questione vi sembra strana? - chiese.

- Forse un po', ma che significato volete darle?

- Ditemi, non collegate la scomparsa di Bell con un problema del quale ci stiamo intensamente occupando in questi tempi?

- Vi riferite alla circolazione di questi soldi falsi? No, perché?

- Di norma - proseguì il commissario - non do molto peso alle lettere anonime, ma quelle che ho ricevuto di recente sull'argomento sono dettagliate e contengono una quantità tale di informazioni veritiere che non mi sento di ignorarle. Inoltre vengono avanzate delle allusioni che meritano una certa considerazione.

- Per esempio... - domandò Gold.

- Non vi sembra strano - proseguì il Commissario con molta enfasi - che le due persone in grado di fornirci i mezzi per individuare questi soldi falsi siano entrambe scomparse? Una è Tom Maple...

- E l'altra? - domandò Gold.

- L'altra - continuò il commissario - è sua nipote.

- Ma lei...

- Lei probabilmente conosceva i componenti del misterioso preparato dello zio. È molto improbabile, vivendo sotto lo stesso tetto e godendone la massima fiducia, che non sapesse con esattezza la composizione di quella miscela. Dopo sette giorni dalla scomparsa di Maple, Comstock Bell, in maniera inattesa e senza alcun motivo plausibile che mi venga in mente, ha sposato quella ragazza... tra l'altro appartenente a un ceto sociale notevolmente inferiore al suo.

Gold si allarmò: un tale sospetto era venuto anche a lui ma l'aveva subito scartato per un senso di lealtà verso l'amico assente.

- In effetti è insolito - ammise - tuttavia è possibile che esista qualche spiegazione assolutamente semplice.

- Mi piacerebbe proprio sapere quale - sospirò il Commissario. - Comunque dobbiamo chiarire questo mistero. I giornali ci chiedono di scoprire dove sia finito Comstock Bell e, in modo particolare, dove si trovi attualmente sua moglie, la signora Verity Bell. La quale, dopo aver lasciato Londra il giorno delle nozze, è stata vista in città la sera stessa in cui avrebbe dovuto trovarsi a Parigi, dalle dichiarazioni di Bell alla stampa... poiché quella donna era a Londra... non è così?

Lanciò un'occhiata penetrante verso Gold il quale non poté che annuire.

- Sì, era a Londra - rispose accigliato.

La situazione si era sviluppata al di là di ogni considerazione riguardante l'amicizia.

- Ci siamo proposti due finalità: una scoprire dove si trova Verity Maple, attualmente signora Bell, e l'altra scovare quel poco raccomandabile zio. E, a mio avviso, una volta spiegate queste due scomparse, avremo fatto grandi passi nella soluzione del misterioso giro di quei soldi falsi che stanno facendo precipitare nel panico gli uomini d'affari. Ho pensato che fosse importante che voi ci relazionaste dettagliatamente su cosa state facendo; ritengo che si possa contare sulla vostra cooperazione.

Gold inclinò il capo.

- Farò del mio meglio - affermò - ma mi servono altri due uomini.

- Quanti ne volete - asserì il commissario. - Intendete disporne subito o preferite che sia io a trasmettere loro le necessarie istruzioni?

- No, sarà opportuno incontrarci già stasera. Desidero che tengano sotto controllo un tale di nome Helder.

- Helder? - Il commissario sollevò leggermente le sopracciglia.

- Sì - rispose Gold senza scomporsi - l'autore di quelle lettere anonime.

I due si fissarono un attimo, poi un leggero sorriso apparve sul volto del Commissario.

- Quando ho detto anonime - si giustificò prudentemente - intendevo che erano tali per tutti all'infuori di me. Il fatto di avervi conosciuto, signor Gold, ha di molto accresciuto il mio rispetto verso la Polizia americana.

- È stato Helder, vero? - domandò Gold.

L'altro lo accompagnò alla porta, aprendola.

- L'ho dimenticato - rispose in tono vago il commissario. - Non mi ricordo mai i nomi.

Gold uscì nella strada piena di traffico. Aveva già in mente dei piani ed era deciso a non perdere tempo nella loro attuazione.

I metodi della Polizia inglese erano validi, ma non erano i suoi. Avrebbe potuto fidarsi per quanto riguardava la sorveglianza di Helder ma, quanto a lui, era pronto ad agire illegalmente pur di punire coloro che non rispettassero la legge. E se Bell fosse stato davvero a capo di quell'organizzazione? ... strinse i denti.

Si era già imbattuto in casi analoghi: uomini che disponevano di ingenti quantità di denaro, più di quanto ne potessero spendere in tutta la loro esistenza, i quali, obbedendo a un istinto perverso, si erano dedicati ad un'attività criminale. Dapprima per semplice divertimento e per combattere la noia e poi, quando avevano finito con l'impelagarsi fino al punto di non poterne più uscire, si erano visti costretti a proseguire nella disperata speranza di trasferire il fardello della loro follia su altre spalle.

Per tutto il pomeriggio tenne occupata la linea telegrafica: i suoi agenti, che operavano nelle diverse parti del continente europeo, risposero ad uno ad uno.

Quella sera, alle nove, uscì dall'appartamento in compagnia di due uomini. La notte era gelida e un tagliente vento da est aveva indotto anche i meno freddolosi a mettersi il cappotto. Il terzetto salì su una vettura che li attendeva in una laterale dello Strand. Nessuna istruzione venne impartita al conducente.

- Avete il mandato? - domandò Gold rivolto ai due uomini.

Il più alto dei due annuì.

- È il russo? - domandò Gold all'improvviso.

- Sì, signore - rispose l'altro. - Impossibile non riconoscerlo: ha una brutta cicatrice sul mento. Era ubriaco, credo. L'ho seguito da Soho alla Great Central Station. Lì ha incontrato l'americano.

- E da lì li avete seguiti fino a casa loro?

- No - replicò l'altro. - Abbiamo perso di vista l'americano.

La macchina attraversò la City procedendo verso est, superò l'affollata High Street di Whitechapel, seguì la Commercial Road, incrociò la famosa Sidney Street e si fermò all'angolo di un vicolo.

- Ho scelto questo posto - spiegò Gold - perché là in fondo c'è l'uscita di servizio di un music-hall e l'apparizione di una vettura sconosciuta non dovrebbe dare troppo nell'occhio.

Uno degli uomini fece strada. Superarono l'uscita di servizio, svoltarono in un'altra via, attraversarono la strada e si ritrovarono in uno di quei piccoli quartieri popolari che abbondano nell'East End di Londra.

Era uno dei più poveri e squallidi della città.

L'apparire di tre uomini in una strada dove le visite della Polizia erano tutt'altro che rare diede adito soltanto a qualche ozioso commento.

A passi veloci i poliziotti scortarono Gold in un vicolo ancora più povero e sporco del primo; c'erano diverse persone qui. Una o due porte risultavano chiuse. Davanti a una di esse stazionava un uomo.

- È qui - disse.

Gold si fece avanti e con delicatezza spinse l'uscio che si aprì subito. In quelle miserabili dimore, occupate da due, tre o a volte quattro famiglie, era inutile chiudere la porta d'ingresso.

Gold entrò, gli altri due lo seguirono. Non aveva ancora fatto un passo quando l'uscio che portava dal corridoio in quella che, secondo lui, avrebbe dovuto essere la stanza prospiciente la strada, si aprì e ne uscì un uomo.

- Salve - salutò con diffidenza.

Gold lo illuminò con la torcia elettrica.

- Dov'è il russo? - domandò.

L'investigatore americano sapeva che in certi ambienti i nomi erano di secondaria importanza e le persone si conoscevano con denominazioni ispirate alla nazionalità o a qualche loro caratteristica fisica.

- Al piano di sopra - rispose l'uomo palesemente sollevato nello scoprire di non essere lui l'oggetto della loro visita.

- Quale porta? - domandò Gold.

- La prima, signore... la prima che incontrate sbucando sul ballatoio.

Gold salì le scale due gradini alla volta, seguito dagli altri. Arrivato a destinazione, si accorse che l'uscio era chiuso a chiave. Bussò delicatamente. Dapprima non giunse alcuna risposta. Poi si sentì lo scricchiolio delle molle di un letto e uno scalpiccio di passi strascicati. Gold bussò una seconda volta.

- Chi è? - ringhiò una voce impastata.

Gold pronunciò qualcosa ad alta voce in una lingua che i due uomini non conoscevano.

Rimase in attesa. La porta si sbloccò e l'uscio si aprì di poco.

Con una violenta spinta Gold entrò nel locale. Era proprio il suo uomo, lo riconobbe dalla descrizione. Aveva evidentemente bevuto e stava dormendo sotto gli effetti degli alcolici quando aveva sentito bussare alla porta.

- Chi siete? - domandò.

- Qualcuno accenda una luce - ordinò l'investigatore.

Uno degli agenti strofinò un fiammifero, trovò una minuscola lampada a petrolio e l'accese.

Il locale, davvero squallido, vantava come unico arredamento un letto sgangherato e poco altro.

- Voglio voi - disse Gold esprimendosi in russo. - Tirate fuori la mano dalla tasca. - Parlava in tono tranquillo ma la pistola che puntò contro il diaframma dell'ubriaco risultò eloquente come il più conosciuto "Mani in alto!"

Come un automa l'uomo alzò le mani sopra la testa e Gold e i suoi aiutanti lo disarmarono in maniera scientificamente accurata prima di mettergli le manette.

- Andate a sedervi su quella sedia - intimò Gold. - Non vi faremo alcun male ma dovrete dirci tutto quello che sapete.

- Non vi dirò un bel niente - sbraitò l'ubriaco.

Rapidamente i poliziotti perquisirono il locale e le tasche dell'arrestato senza però trovarvi nulla di compromettente e neppure lettere o carteggi che potessero fornire qualche indicazione. Nel corso di tale procedura, uno dei due agenti si eclissò e, quando Gold ebbe spento la lampada e scortato il russo giù per le sudice scale, l'auto era già lì ad attenderli. Il russo era ben impacchettato; l'auto si diresse rapidamente verso la zona occidentale della città, prima che gli abitanti di Little John Street potessero rendersi conto che tra di loro era stato effettuato un arresto.

Capitolo XIV
La signora Bell è in ascolto

Il locale era più che spazioso. Era stato utilizzato come falegnameria prima dell'avvento di stranieri e l'inevitabile aumento dell'affitto aveva spinto il vecchio locatario a spostarsi ancora più in periferia.

Adesso diversi uomini erano seduti su delle strette panche, assorbiti nel loro lavoro. In un angolo, nascosto da un paravento, un macchinario continuava a ripetere il suo monotono "click-click".

La maggior parte degli operai erano stranieri e si dedicavano a un'attività perfettamente legale: l'incisione di lastre per riproduzioni artistiche, un lavoro estremamente delicato che richiedeva buoni occhi e una mano sicura. Secondo la documentazione attualmente in nostro possesso, sappiamo che le lastre e le riproduzioni da esse derivate andavano a ruba nel Continente, mentre non trovavano sbocco commerciale sul mercato inglese a causa della scabrosità dei soggetti.

E neppure aveva fatto presa, in Inghilterra, la cartamoneta che la macchina nascosta seguitava a emettere regolarmente in pezzi tutti uguali, per quanto fossero banconote da cinque dollari, perfettamente contraffatte.

Il macchinario era piccolo, molto più ridotto di quello solitamente utilizzato a tale proposito. Tuttavia era dotato di tutto il necessario e nessuna pecca era riscontrabile nei biglietti emessi.

Accanto al marchingegno, seduto su un alto sgabello, c'era un omaccione corpulento, con il sigaro posato nell'angolo della bocca, il berretto tirato quasi sulla nuca e le mani cacciate nelle tasche dei pantaloni.

Il suo sguardo era fisso sulla macchina e sull'operaio col camice bianco che raggruppò le banconote in piccole mazzette e le legò assieme. Appena stampate un centinaio di tali mazzette, venne tolta la corrente e la macchina si arrestò.

- Per stasera, basta così - affermò.

Spinse le banconote di lato e rimase in attesa che le lastre fossero rimosse, ripulite e avvolte in fogli di carta velina. Un operaio gliele consegnò e lui le fece scivolare in una tasca interna. Rimase a osservare i lavoratori che sostituirono le altre quattro, con soggetto un marchio di birra, dopo di che, si portò sotto un braccio quello che era rimasto della carta utilizzata per la stampa delle banconote contraffatte e sotto l'altro braccio il materiale ultimato. Infine aprì una porticina che immetteva in quello che un tempo era stato l'ufficio del titolare della falegnameria.

Aprì una cassaforte d'angolo, con attenzione vi introdusse il malloppo, poi la richiuse.

Da un armadietto estrasse una bottiglia e un bicchiere. Purtroppo ormai quell'attività clandestina cominciava a dargli fortemente sui nervi. C'erano stati troppi allarmi e troppe snervanti ore di paura. Si versò una razione abbondante e ripose la bottiglia.

Il laboratorio era ubicato al di sopra delle scuderie: dietro un uscio di fronte alla porta che conduceva dal laboratorio all'ufficio, si snodava una scala. L'uomo spense la luce, aprì la porta e diede un'occhiata all'esterno. Poi la richiuse e girò la chiave.

L'indomani quei soldi, debitamente sistemati in duecento buste separate, indirizzate a duecento diversi agenti, sarebbero state spedite negli Stati Uniti. Tale procedura sarebbe stata seguita per tutta la settimana.

Era stata una consegna più consistente del solito. Le lastre sarebbero bastate a un altro giro di stampa, poi avrebbero dovuto essere sostituite.

Diede un'occhiata all'orologio. Erano le nove meno un quarto. Dall'ufficio ripassò nel locale più ampio.

- Per stasera potete staccare - disse.

L'orario di lavoro era elastico. Secondo un piano concordato si era convenuto che, quando la minuscola macchina fosse impiegata a quello scopo illecito, tutti i membri della ditta dovessero essere effettivamente impegnati in un lavoro legale.

Soltanto altri due uomini erano al corrente dell'attività clandestina, oltre a lui e al suo capo diretto. Uno era lo stampatore, il quale di giorno lavorava da un'altra parte e poteva essere considerato un elemento più che sicuro. Helder lo aveva scelto con molta accuratezza.

Per quanto riguardava il secondo elemento... Tiger Brown scosse il capo con espressione accigliata: solamente ricordarlo era sufficiente per tenerlo sveglio di notte e lo spingeva a vuotare la bottiglia dell'armadietto.

- Va tutto bene. - Helder fece il suo ingresso e si chiuse la porta alle spalle.

- Avete lavorato?

- Appena finito - rispose l'altro.

- Portate via la roba stasera, se è possibile - disse Helder in uno stato di nervosismo palpabile.

- C'è qualcosa che non va? - domandò bruscamente.

- Non so cosa ci sia di sbagliato - rispose l'altro accigliato - ho soltanto l'impressione di essere sorvegliato.

- Allora perché siete venuto qui?

- Dovevo assolutamente vedervi stasera - Helder sputò il rospo. - Insomma, Tiger, questa faccenda ormai sta diventando troppo grossa per noi. Voglio che stampiate tutta la carta rimasta e poi distruggiate le lastre. Io provvederò a chiudere la baracca.

L'altro annuì.

- Abbiamo tirato troppo la corda - commentò. - Anch'io sono preoccupato. Ivan è stato arrestato.

- Arrestato? - Helder si girò con un sobbalzo. - Chi lo ha arrestato? Quando?

Aveva il volto mortalmente pallido e continuava a tormentarsi le mani.

- Se parla - sentenziò Helder - siamo finiti. E sono sicuro che quel maledetto Gold lo farà parlare. Dov'è?

- Ivan? Non lo so. Ho preferito stare lontano dalle Centrali di Polizia. Non è il mio ambiente. Comunque domani lo sapremo.

- Perché non mi avete informato subito? - domandò Helder imprecando sottovoce. - Se Ivan non vuoterà il sacco, possiamo farcela ancora. Quelli della Polizia nutrono la mezza convinzione che in questa faccenda sia implicato Comstock Bell. Lo stanno cercando per tutta Europa e, mentre sono impegnati in tali ricerche, non ci daranno fastidio.

- E se lui si facesse vivo? - domandò Brown.

- Non lo penso proprio - replicò l'altro abbozzando un sorriso. - Ho un sospetto che domani stesso verificherò. Già tutta Londra... la Londra che conta... è convinta che Bell sia implicato in quel giro di soldi falsi.

- Ma com'è venuta fuori questa storia? - domandò Brown. L'altro lo guardò sorpreso.

- Non leggete i giornali, amico - rispose - altrimenti lo sapreste. Il governo americano ha offerto... Si bloccò a metà della frase. Forse non era saggio rivelare a quell'individuo che era stato offerto un compenso di un milione di dollari per identificare e arrestare i capi di quell'organizzazione di falsari.

- Offerto che cosa? - insistette Brown.

- Una grossa ricompensa - tagliò corto Helder. Dopotutto l'uomo lo avrebbe saputo ugualmente acquistando un giornale. - A qualsiasi persona all'infuori di quelle coinvolte nel giro della contraffazione. - Sottolineò queste ultime parole. - Il che elimina conseguentemente voi e me. Tiger Brown si avvicinò all'armadietto, tirò fuori la bottiglia e si riempì il bicchiere in maniera quasi automatica. Helder ne seguì le mosse interessato. Quel Brown costituiva un problema, e anche un pericolo; lui non aveva alcuna intenzione di mettere a repentaglio, per quel suo rozzo complice, la sua libertà, e quanto fino a quel momento aveva guadagnato con così tanto lavoro e astuzia.

- Che cosa avete intenzione di fare con Maple? - domandò Brown.

- Ero venuto a parlarvi proprio di questo - annunciò l'altro mettendosi a camminare avanti e indietro, con le mani dietro la schiena.

- Andremo da lui stasera e... - tacque e tese l'orecchio.

- Che cos'è questo rumore? - domandò.

- Io non ho sentito niente - rispose l'altro irritato. - Gli uomini se ne stanno andando e magari fanno un po' di trambusto.

Con cautela Helder si accostò all'uscio che portava alla scala esterna e si mise nuovamente in ascolto.

- C'è qualcuno là fuori - sussurrò.

- Siete matto - lo accusò il complice. - Non c'è nessuno. Spense la luce, girò la chiave e spalancò la porta.

Il ballatoio era deserto. Helder uscì e puntò gli occhi verso il buio cortile sottostante.

- Laggiù c'è qualcuno - ribadì.

Aveva visto una figura scivolare nell'ombra del muro verso lo stretto passaggio che conduceva in una strada sul retro della fabbrica. Brown estrasse una pistola ma l'altro gli fermò la mano.

- Idiota - sbottò - volete avere alle calcagna tutta Londra? Limitiamoci a seguirlo.

Si precipitò giù per i gradini. Quasi in fondo sentì lo scatto di una serratura e vide che l'uscio era stato aperto da una piccola, misteriosa figura. Si fermò, gridò qualcosa, poi riprese l'inseguimento con l'unico risultato di beccarsi la porta in faccia.

- Avete una chiave?

Brown frugò nelle tasche, tirò fuori una chiave, la inserì nella serratura con mano tremolante e l'aprì.

I due uomini sbucarono in strada e cominciarono a guardare in entrambe le direzioni. Helder riuscì a scorgere di sfuggita la misteriosa figura mentre stava passando sotto il riverbero di un lampione.

- È un ragazzo - commentò. - Dobbiamo prenderlo. Correte!

La figura scomparve dietro l'angolo e i due si lanciarono prontamente all'inseguimento. Dopo la curva si trovarono in un'altra lunga strada a metà della quale, accostata al marciapiede, c'era un'auto. La persona che stavano seguendo vi salì al volo e l'auto schizzò via.

- Presto - urlò Helder - la mia auto è posteggiata qui in fondo.

Riprese a correre, arrivò alla sua vettura e a stento trovò il fiato per impartire le istruzioni all'autista, non essendo un tipo sportivo né abituato a simili imprese atletiche... e infine vi salì, seguito da Brown.

Gli ci volle un bel po' per riprendersi.

- Per fortuna - commentò - che ci fosse qui l'auto ad aspettarmi; riusciremo a beccare il nostro giovane amico.

- Credete abbia sentito qualcosa?

- Certamente - rispose Helder. - Era sul ballatoio.

- E che cosa può aver sentito? - domandò Brown.

- Il fatto che stesse lì a origliare mi basta - sentenziò Helder con voce cupa. Abbassò il divisorio di vetro che li separava dall'autista.

- Siete sempre sulla scia di quell'auto? - Chiese all'autista.

- Sì, signore - rispose il conducente - è rimasta imbottigliata in un ingorgo di traffico in prossimità di Aldgate.

La vettura attraversò la City, procedette per Queen Victoria Street e prese a costeggiare l'Embankment.

Il cuore di Helder cominciò a battere più forte a mano a mano che si stavano avvicinando alla zona di Westminster, col suo complesso di edifici celebri in tutto il mondo.

- Se vanno a Scotland Yard - commentò - dovremo tagliare la corda, e presto. Ma la vettura non imboccò l'arcata che delimitava l'ingresso della Centrale di Polizia. Svoltò di colpo a sinistra e prese il Westminster Bridge, poi si arrestò all'improvviso e gli inseguitori arrivarono mentre il suo occupante balzò giù e di corsa scese i gradini che portavano al fiume.

- Non può sfuggirci - gridò Helder cominciando a rincorrere la figuretta. Ma quasi subito si arrestò: in fondo alle scale, perfettamente distinguibile grazie alla luce di un lampione, c'era Verity

Comstock Bell e, dietro di lei, una barca a remi con a bordo due uomini.

- Credo facciate meglio a tornare sui vostri passi, signor Helder - gli intimò la giovane donna che stava impugnando una pistola automatica con la stessa disinvoltura con cui avrebbe tenuto in mano un ventaglio.

- E credo anche - aggiunse - che sarebbe saggio da parte vostra, se faceste tutto il possibile per rimediare al danno da voi provocato, associando mio marito con la vostra attività truffaldina.

Capitolo XV
Il messaggio sulla banconota

Il 14 luglio il cassiere impiegato presso la filiale parigina dell'agenzia Cook's di Place de l'Opéra ricevette cinque banconote francesi da mille franchi e otto banconote americane da cento dollari con la richiesta che venissero cambiate in valuta inglese.

Le contò con attenzione, effettuò dei calcoli su un foglietto e, da una busta di pelle sotto la cassa, tirò fuori i biglietti di banca inglesi corrispondenti.

Per arrivare alla cifra esatta fu necessario aggiungere due sterline, alcuni scellini e un paio di penny.

Sistemò tutto sul bancone davanti a lui, ricontò la valuta francese e americana, poi si accorse per la prima volta che la dicitura "Banque Nationale" non presentava l'esatta sfumatura di viola alla quale erano abituati i suoi occhi esperti. Solo una era la banconota sospetta. La raffrontò alle altre e si convinse più che mai che c'era qualcosa che non andava.

Prima di prendere una decisione, esaminò con attenzione la divisa americana. I biglietti erano perfettamente uguali gli uni agli altri, ma per maggiore sicurezza prelevò dal suo deposito una banconota da cento dollari, la raffrontò e di nuovo si accorse che c'era quella sfumatura diversa.

Occorre sapere che le banconote stampate in Francia non mantengono la stessa colorazione in cui sono state stampate. Una settimana dopo la stampa, prima di essere messe in circolazione, si generano delle variazioni quasi impercettibili.

Il cassiere della Cook's premette un piccolo campanello sotto il bancone e il signore di mezza età che con impazienza stava aspettando l'effettuazione del cambio richiesto, si ritrovò all'improvviso fra due poliziotti.

- Monsieur, sareste così gentile da seguirci nell'ufficio del direttore?

Il signore in questione era di tutt'altro avviso. Cominciò a imprecare con inequivocabile accento americano e fece per andarsene. Fu una mossa falsa da parte sua in quanto nessun uomo sano di mente, per quanto irritato possa essere, si sognerebbe mai di abbandonare un gruzzolo di quattro banconote da mille franchi ciascuna e di cinque biglietti da cento dollari.

Il tocco persuasivo su entrambe le braccia si trasformò in una presa decisa. Con grande scandalo degli altri clienti della prestigiosa agenzia, l'americano venne sospinto in un locale attiguo la cui porta fu prontamente chiusa a chiave. Un quarto d'ora dopo il medesimo personaggio uscì da una porta laterale sempre scortato da due poliziotti.

Gold, che in quel momento era impegnato a procurarsi i documenti necessari per perquisire l'appartamento di Helder, prese il primo treno per Parigi.

Un suo collega francese lo andò a prendere alla Gare du Nord e lo accompagnò alla prefettura; strada facendo gli spiegò molti particolari che non avevano giudicato opportuno menzionare nel telegramma, con il quale il poliziotto americano era stato convocato a Parigi.

- Per quanto riguarda la valuta americana non siamo del tutto sicuri - disse - mentre non esistono dubbi che le banconote francesi siano dei falsi di ottima fattura. L'uomo che abbiamo trattenuto è un vostro connazionale, arrivato a Le Havre sabato scorso con lettere di presentazione per vari ministeri europei. Se non fosse stato per la sua smania di tagliare la corda, lo avremmo considerato vittima innocente di astuti falsari.

- Come si chiama? - domandò Gold.

- Schriener - rispose l'altro - sostiene di essere un grossista di ferramenta di New York, in vacanza a Parigi. I vostri colleghi hanno effettuato delle indagini sul suo conto, appurando che se la spassa molto meglio di quanto possa permettersi uno nella sua posizione. Gli abbiamo perquisito il bagaglio.

- E avete scoperto qualcosa?

- Niente di particolarmente sospetto - rispose il collega francese con una certa esitazione - sebbene vi siano alcuni punti da chiarire. Abbiamo preferito aspettare il vostro arrivo. Sappiamo però per certo che il vostro connazionale ha già contattato l'ambasciatore americano a Parigi.

Gold annuì: sapeva benissimo che un americano all'estero, fosse milionario o pezzente, se si fosse trovato nei guai, non avrebbe perso tempo per andare a rompere le scatole al rappresentante del suo Paese.

L'uomo non era stato sbattuto in una cella. Gold lo trovò in un piccolo ufficio della prefettura che era stato adibito ad alloggio temporaneo. Stava scrivendo come un forsennato quando Gold fece il suo ingresso: era di media statura, capelli grigi, aspetto curato, all'incirca sulla cinquantina. Con quei lineamenti grossolani non poteva certo considerarsi un Adone.

- Piacere - si presentò Gold porgendo la mano.

Quella che ricambiò la sua stretta era una mano callosa, non certo la mano di una persona che trascorre la sua vita negli agi. Inoltre una certa titubanza nella risposta indicò al poliziotto che quell'individuo non era troppo avvezzo ai rapporti sociali, convinzione rafforzata dalla breve conversazione che seguì. Si trattava evidentemente di un uomo di paglia, ma anche di un duro, a giudicare dal tipo di linguaggio.

Gold lo lasciò per recarsi nell'ufficio del commissario a ispezionare le banconote incriminate. Gli venne consegnata una piccola cartella e lui iniziò il suo minuzioso esame. Una volta terminato, restituì il tutto.

- Non c'è alcun dubbio - annunciò. - Si tratta di falsi, realizzati in modo molto intelligente. Potrei vedere gli effetti personali del mio connazionale?

Questi erano sistemati nella stanza attigua, tutti debitamente catalogati.

- I documenti - lo informò il collega francese - sono stati raggruppati insieme. Volete dare un'occhiata?

Gold annuì e si ritrovò davanti un certo numero di carte che, per la maggior parte, non presentarono niente di straordinario: note di credito per piccole somme, lettere di presentazione a vari consoli e ministri, firmate da grossi papaveri di New York. A queste Gold diede poca importanza, ben conoscendo la facilità con la quale avrebbero potuto essere acquisite.

C'era anche un'agendina con un certo numero di voci, relative soprattutto ad alberghi e pensioni. Più interessante era un elenco di società presso le quali, secondo quanto risultava a Gold, era possibile cambiare della valuta.

L'indirizzo più significativo era costituito da una lettera indirizzata a Schriener presso il Palace Hotel. Di tipo del tutto comune, recava il timbro postale di Londra mentre l'indirizzo era redatto in bella calligrafia.

Gold si rivolse al collega francese.

- State tenendo d'occhio l'albergo? - domandò.

L'altro annuì.

- Non credo che servirà a molto - sentenziò Gold. - Il modus operandi è invariabilmente lo stesso. I biglietti contraffatti vengono spediti in piccole quantità a un mandatario, in una busta simile a questa. Costui dispone di un tempo ragionevole per mettere in circolazione i soldi falsi, dopo di che invia una parte dei profitti al quartier generale, che non è sempre quello da dove è arrivato il denaro falso. Poi, come penso, dopo un certo intervallo, gliene viene spedito un altro quantitativo.

- E voi ritenete - domandò il francese - che ci si possa aspettare un ulteriore rifornimento di banconote presso l'albergo?

- No, non credo - rispose Gold.- In primo luogo ogni componente della banda è tenuto d'occhio da un altro soggetto a lui sconosciuto. Il secondo in questione è pagato bene quanto il primo. A quest'ora i falsari sanno che Schriener è stato arrestato. Di conseguenza non c'è da aspettarsi nessun' altra consegna.

Gold prese la busta contenente le banconote americane falsificate e di nuovo le sottopose a un esame molto approfondito.

- Davvero un bel lavoro - commentò rigirandosene una fra le mani... qualcosa attirò la sua attenzione.

Parigi era afflitta da un cielo grigio e la luce era pessima, tuttavia riuscì a distinguere, da un capo all'altro del biglietto, una strana linea, dello stesso color lilla che costituiva il fondo della banconota e, apparentemente, parte del disegno stesso.

- Ho bisogno di una lampada molto potente e di una lente di ingrandimento - annunciò a voce tesa.

Il suo desiderio venne subito esaudito e l'investigatore riprese il suo esame. Poco dopo emise un fischio di stupore mentre gli occhi si illuminarono di eccitazione e le guance presero colore.

- Guardate! - invitò il collega d'oltralpe.

Il francese si fece prestare la lente d'ingrandimento e non riuscì a trattenere un'esclamazione di stupore poiché la linea misteriosa risultava costituita da lettere minuziosamente incise che formavano il seguente messaggio:

"Verity Maple, 942 Crystal Palace Road, Londra, numeri di serie dal 687642 al 687653 latte".

- Che cosa significa? - domandò il francese stupito. Gold guardò fuori dalla finestra.

- Soltanto una persona al mondo potrà chiarirci il significato di questo messaggio - proclamò. - Dobbiamo trovarla.

- Ma chi lo ha scritto?

- Chi altri, se non Tom Maple? - fu la risposta di Gold. - Ho l'impressione che faremo delle scoperte interessanti.

Capitolo XVI
La casa delle vacanze a Collet's Folly

Fra Cambridge e Waltham Cross si intersecano tre strade: l'una porta direttamente a Cambridge, l'altra verso Newmarket e oltre, mentre la terza, poco più di una strada sterrata, si snoda verso sud ed è talmente poco frequentata che gli addetti alla viabilità non si sono neppure presi la briga di indicarne la destinazione.

La carrozzabile in questione porta il nome attribuito al vecchio Collett's Folly, il quale era stato un agricoltore eccentrico fino alla sua morte. Egli trasportò la sua eccentricità sino ai limiti della genialità; avrebbe potuto rendere famoso il suo nome, all'interno dell'Inghilterra agricola, come pioniere di un'agronomia scientifica, eccetto per un'imperfezione che lo prese a pochi passi dalla sua meta, se di meta si fosse potuto trattare. Questa imperfezione si manifestò in ampie forme e alla fine il vecchio Collett morì, rovinato, ma immensamente felice per il risultato della sua vita fatta di esperimenti. Come molti altri uomini che hanno meritato il titolo di famosi, le sue riforme vennero derise; qualunque altro agricoltore le considerò "ipso facto" errate, e mostrò, a riguardo della prevenzione, risultati positivi con metodi che andavano nella direzione opposta.

È un dato di fatto che il sessanta per cento dei metodi tradizionali non possano essere verificati, il venticinque per cento subiscano delle variazioni e il rimanente sia oltremodo sbagliato. Il vecchio Collett applicando il principio che l'intero cento per cento richiedesse una drastica e immediata riforma, sprofondò nella desolazione.

Si lasciò dietro un centinaio di acri di terreno mal ridotto, una fattoria che si era fatto costruire secondo i suoi progetti, una strada privata lunga un miglio e uno stanco esecutore testamentario gravato da un fardello di istruzioni postume. Questo infelice avrebbe potuto trovare aiuto attraverso la decisionalità di una "Sezione dell'Alta Corte di Giustizia" ma aveva preferito il poco corretto e più semplice metodo di interpretare le ultime volontà del morto, rendendo disponibile l'intera area al primo offerente. Con sommo stupore, la trattativa era andata al di là delle sue più rosee previsioni. Qualcuno, che aveva iniziato a frequentare quella zona, aveva scoperto nella fattoria e nelle terre adiacenti, il proprio appagamento e aveva acquistato l'intero complesso immobiliare, tutto compreso.

Secondo la descrizione del signor Hazlett l'esecutore testamentario in questione, l'acquirente era un simpatico americano il quale intendeva trascorrere laggiù il fine-settimana. Pur non avendo alcuna intenzione di dedicarsi all'agricoltura, come ebbe a dire al signor Hazlett, aveva provveduto a tutte le riparazioni che necessitavano all'immobile, nonché a un completo ripristino dell'arredamento.

In realtà non si trattava certo della casetta ideale dove trascorrere il fine settimana, almeno secondo la mentalità corrente e di quella dell'esecutore testamentario... l'edificio era troppo tetro, le pareti troppo spesse come quelle di una prigione, similitudine questa rafforzata dalle finestre a forma geometrica poste a intervalli regolari e protette da sbarre di ferro. L'interno era certamente ancora meno suggestivo. Il soggiorno andava dal pavimento al tetto; attorno correva una specie di galleria, giustificata dalla primitiva presenza di un organo in quanto lo strambo agricoltore nutriva anche velleità da musicista. La camera da letto padronale, peraltro unica, era ubicata a pian terreno. Al piano di sopra era stata realizzata una specie di camera blindata, accessibile dal basso mediante una scala a pioli. Evidentemente all'americano era piaciuta anche tale soluzione perché non aveva provveduto alla sostituzione con qualcosa di più moderno e funzionale. La cassaforte, dove il vecchio teneva i suoi soldi non nutrendo grande fiducia nelle banche, era incassata in una robusta parete. Il nuovo proprietario non aveva fatto ricorso ad alcun tipo di manodopera per tenere in ordine la proprietà. All'inizio era stata assunta soltanto un'anziana signora, probabilmente londinese, a giudicare dall'accento, per provvedere alle pulizie ma, dopo un po' era improvvisamente scomparsa e il proprietario della fattoria diede l'impressione di cavarsela benissimo anche senza di lei. Le sue visite erano comunque fuggevoli e non vi trascorreva più di una notte.

Poi, un bel giorno, ci si accorse che la casa fosse abitata in maniera stabile. Un uomo, che sembrava avere perennemente la luna storta, si aggirava per i campi e del fumo usciva ogni giorno dall'unico camino di cui era dotato l'edificio. Quasi quotidianamente un visitatore giungeva da Londra, imboccava la stradina che portava a Folly, vi rimaneva un paio di ore, poi ripartiva verso la città. Talvolta si trattava del proprietario, talvolta del suo braccio destro. Non erano mai arrivati assieme fino alla notte in cui Verity Bell aveva effettuato la sua drammatica ricomparsa.

Helder, con Tiger Brown al suo fianco, si mise in viaggio verso la sua casa di campagna sotto la pioggia sferzante. Alle due del mattino rallentò approssimandosi all'incrocio, svoltò nella strada sterrata e si fermò davanti al tetro ingresso della fattoria. Subito un uomo si stagliò sulla soglia, si dileguò un attimo per poi ricomparire con le chiavi di un capannone dove Helder andò a sistemare la vettura.

All'interno del soggiorno il caminetto era acceso, benché fosse giugno inoltrato e i due uomini, zuppi fino al midollo e infreddoliti, se ne rimasero qualche minuto in silenzio davanti alla fiamma corroborante mentre il terzo rimase a fissarli inespressivo.

- Per sbrigare le nostre cose avremo bisogno di un po' di tempo - sentenziò Helder all'improvviso. - Avete preparato un cambio di abiti per Tiger?

La domanda era rivolta al custode della fattoria, il quale annuì senza troppa convinzione. Helder passò in camera sua, aprì un cassetto che conteneva un cambio completo, si vestì in fretta e tornò in soggiorno dove trovò Tiger che stava finendo di sistemarsi.

Il terzetto prese a confabulare a voce bassa, benché il custode si limitasse a rispondere solo in maniera laconica alle domande che gli venivano poste. Era una figura striminzita, con una barba cespugliosa, e degli occhietti da rapace che si muovevano rapidamente da un interlocutore all'altro.

- Che cosa sta facendo adesso? - domandò Helder.

L'ometto barbuto si strinse nelle spalle.

- Stupidaggini - rispose. Era evidentemente una persona di poche parole.

- Di che tipo? - incalzò Helder con impazienza.

Il terzo uomo si strinse nelle spalle.

- Beve e disegna - rispose. - Volete vederlo?

Helder annuì.

Estraendo una chiave dalla tasca, l'ometto, che rispondeva al nome di Clinker, fece strada. Salendo per una rampa di scale, raggiunse la porta d'acciaio che immetteva nella camera blindata ed entrò. Helder lo seguì da vicino.

Il locale era illuminato da una potente lampada a olio che pendeva dal soffitto. L'arredamento era costituito unicamente da un tavolo, una sedia e una brandina.

Davanti al tavolo, ingombro di strumenti per l'incisione, c'era un uomo con le spalle rivolte alla porta.

- Allora, Maple - lo salutò Helder.

Tom Maple, la barba mal rasata, accennò ad alzarsi.

- Mi farete uscire? - domandò con voce tremolante. - Ho fatto quanto mi avete richiesto, anche di più, ma ora sono completamente esausto.

Helder gli diede una pacca sulla schiena.

- Certo che vi farò uscire - disse. - In fondo è colpa vostra se siete qui.

Il prigioniero non era in buona salute, non occorrevano occhi esperti per scoprirlo. Le sue mani, all'infuori di quando maneggiava i delicati strumenti, tremavano in maniera anomala. Una brutta smorfia gli deturpava la bocca. Sembrava incredibile che quelle mani, così malferme, avessero prodotto quello stupendo lavoro che risaltava sulla lastra d'incisione che l'uomo aveva davanti a sé.

Helder lo guardò e scosse il capo.

- Potete lasciar perdere - disse. - Abbiamo finito con la valuta francese e americana. La Polizia di tutta Europa è sul chi vive. Adesso ci produrremo nell'ultimo colpo d'ala, poi chiuderemo la baracca. Maple, dovete prepararmi delle banconote inglesi, e dovranno essere il capolavoro della vostra vita.

Maple si cacciò le mani in tasca e si raggomitolò sulla sedia. La mascella cadente rivelò una nuova e inconsueta determinazione, come pure gli angoli della bocca. Helder se ne accorse e restò alquanto sconcertato.

- Statemi a sentire, Maple - proseguì - credevo che ormai aveste superato tanti inutili paure. Per essere uno dei più grossi falsari mai esistiti, avete davvero scarsa fiducia nei vostri mezzi. Ce l'avete un po' con noi per avervi trascinato qui, ma vi dico che abbiamo fatto la vostra fortuna. Dopo tutto, proseguì vedendo che l'altro non abbozzò alcuna reazione, adesso non state lavorando più di quanto non abbiate fatto qualche anno fa.

Si accese un sigaro e cominciò a passeggiare avanti e indietro, come se avesse un sacco di tempo per discorrere di ricordi.

- Sei anni fa - ripeté pensoso - mi dissero che eravate uno degli incisori più abili di banconote di tutta l'Austria, capace di riprodurre i disegni più complicati basandovi unicamente sulla memoria... Vi eravate specializzato in tagli da cento corone, non è vero, Maple? - fece la domanda con aria indifferente e Tom Maple rabbrividì.

- Il governo di quel Paese si limitò a licenziarvi - proseguì Helder - preferendo evitare qualsiasi scandalo. Allora vi trasferiste in Francia, ma qualcuno vi riconobbe e riprendeste il vostro peregrinare. Dove vi ha conosciuto Gold? - domandò all'improvviso.

L'interpellato mantenne un silenzio imbronciato.

- Suppongo - continuò Helder - che per incastrarvi Gold si sia basato sul detto “Affidatevi a un ladro per catturare un altro ladro”, non è così? Affidatevi a un falsario per smascherare un falsario.

Scoppiò a ridere e Maple alzò lo sguardo, le sue labbra si separarono, mostrando la sua dentatura rovinata, producendosi in una smorfia.

- Non ridete, amico - disse con voce scossa. - Vi state riferendo a un periodo in cui non ero gravato da alcuna responsabilità, invece ora il discorso è diverso. Sono un criminale perché sono... - esitò un attimo prima di rialzare la testa... - un ubriacone e voi avete fatto leva sul mio vizio. Vi conosco bene. - Col capo annuì lentamente ma si rivolse minaccioso all' interlocutore. - Conosco me stesso.

Riappoggiò la testa sul petto. Le mani erano ancora conficcate nelle tasche. Tacque di botto.

Helder e Tiger si scambiarono una rapida occhiata. Quasi rispondendo a un reciproco impulso, guardarono Clinker ma questi scosse la testa come se volesse rispondere a una domanda non formulata.

- Coraggio, coraggio - lo blandì Helder - beviamoci sopra assieme e facciamo due chiacchiere.

L'altro si alzò in piedi, reggendosi a stento con le mani appoggiate al tavolo. Era subentrato qualcosa di nuovo in lui, una dignità mai vista prima. Per quanto malridotto, dal suo atteggiamento trapelò un vigore inatteso.

- Non toccherò mai più una goccia - affermò in tono pacato - e non immaginate neppure quanto mi costi. Il bere era diventato l'essenza della mia vita, come l'aria lo è per voi e l'acqua per i pesci; ma ci ho rinunciato una volta per tutte e non mi ubriacherò mai più. Ho raggiunto il fondo e ora sto cominciando a risalire.

Il volto di Helder si rabbuiò.

- Non farete quanto vi ho chiesto? - domandò brusco. - Se uscirete di qui, finirete in prigione. Vi rendete conto che, per gente come voi o come me, non esistono possibilità di redenzione? Ormai ci siete dentro fino al collo e dovrete rimanere in ballo finché questa faccenda non sarà finita.

Maple scosse il capo.

- Eppure vi assicuro che è così - ripeté Helder - avete scelto di lavorare per noi nel pieno possesso delle vostre facoltà mentali; adesso dovrete farlo perché ve lo ordino io. Credete forse - aggiunse con un sogghigno - che vi lasci libero di andare a spifferare i vostri rimorsi a un comprensivo poliziotto di Scotland Yard? Non sono stupido fino a questo punto e ho molto a cuore sia la mia libertà che la mia posizione sociale.

- Sono arrivato alla fine, - mormorò l'altro. - Alla fine... alla fine.

- Non siete finito - ribadì Helder - dovete soltanto rimettervi su dei binari di normalità, o da sbronzo o da sobrio. Statemi a sentire, - proseguì appoggiandogli una mano sulla spalla, - supponiamo che io venga accusato di essere il responsabile di questo giro di soldi falsi... capite che cosa significherebbe? Una vita intera in prigione... una prospettiva peggiore della morte. E pensate forse, anche per un solo attimo, che un tipo come me, abituato a trascorrere le sue giornate attorniato da uomini intelligenti, belle donne, a vivere in ambienti confortevoli, sia disposto ad arrendersi, a finire in prigione nella speranza che, una volta scontata la colpa, mi sia concesso di raccogliere le briciole dell'esistenza per trascinare una vecchiaia miserabile?

Scoppiò a ridere; l'idea sembrava divertirlo in maniera tragicomica.

- No, amico. Qualora fossi scoperto, morirei nel giro di breve tempo. Magari in maniera dolorosa, ma comunque senza pensarci troppo. E se sono disposto a uccidere me stesso, sono anche disposto a uccidere chiunque si frapponga fra me e il felice esito di questa impresa. Sono disposto ad aggiungere anche l'omicidio ai miei vari reati, avete capito?

Maple lo fissò senza parlare, continuando a scrollare il capo.

- Avete capito? - ripeté Helder. - Qualora fosse necessario, sono disposto anche a uccidere. Vi ucciderò come un cane prima di rivolgere l'arma contro me stesso. Adesso dovete darvi da fare con quelle banconote inglesi, e in fretta; attualmente quelli della Polizia si stanno occupando solo della valuta americana. Fra meno di un mese potranno anche individuare i soldi francesi che abbiamo immesso sul mercato.

Una strana luce si accese negli occhi di Maple.

- Sono già in circolazione, non è vero?

Egli mostrò un certo interesse. Helder annuì.

- Il primo quantitativo è già stato spedito - affermò. - Adesso - proseguì in tono più amichevole cerchiamo di capirci reciprocamente, Maple. Farete quello che vi chiedo?

Maple si strinse nelle spalle in un moto di disperazione.

- Ve l'ho già detto, Helder - si schermì. - Adesso ho delle responsabilità. Una nipote... una povera creatura sola al mondo, abbandonata a se stessa, che si sta preoccupando per me...

Helder nascose il sorriso con una mano. - Non è abbandonata a se stessa - affermò - come ho già avuto modo di dirvi.

- Ma come... come? - domandò l'altro. - Non è il tipo di ragazza capace di accettare del denaro inviatole in maniera anonima.

- Non è abbandonata a se stessa - ripeté l'americano.

L'uomo di nome Clinker alzò una mano, facendo cenno ai presenti di zittirsi. Tutti tesero l'orecchio.

- Sta arrivando qualcuno - sentenziò il guardiano. - Vado a vedere di chi si tratti.

Aprì la porta e se la richiuse alle spalle. Dopo un po' tornò con un telegramma.

- Era un fattorino dell'ufficio postale - annunciò. - È per voi. Porse il messaggio a Brown che lo aprì e lo lesse.

- Di che cosa si tratta? - domandò Helder.

- Hanno arrestato Schriener a Parigi mentre stava cercando di cambiare un biglietto da mille franchi - riferì Tiger con voce malferma. Helder impallidì mentre il custode ostentò la massima indifferenza; troppo vecchio per essere pieno di astuzie, e troppo filosofo per essere un furfante, per essere stressato dalla minaccia di un pericolo.

Invece il viso di Maple si illuminò di un'attenzione improvvisa.
- Schriener... arrestato a Parigi? - domandò avido di notizie. - Un biglietto da mille franchi... uno dei miei?

Helder lo guardò senza parlare e annuì.

- Ah! - fiatò Maple crollando sulla sedia.

All'alba Helder e Tiger Brown tornarono a Londra. Il tragitto, percorso ad alta velocità, si svolse nel più assoluto silenzio finché, nei pressi di Waltham Cross, Brown esclamò all'improvviso.

- Non posso uccidere quel Maple.

Helder era al volante. Fissò l'altro dritto in faccia, dopo che questi aveva fatto quell'affermazione.

- Io credo proprio di poterlo fare - riprese a parlare. - Vede la nostra fine, oppure crede di vederla, ma... - Smise di parlare.

Tiger attese che riprendesse il filo del discorso ma, davanti a tanto mutismo, riprese lui a parlare.

- Quando accennavate a uccidere Maple - disse quasi soppesando le parole - credevo che non faceste sul serio.

- E invece, sì - ribadì deciso Helder sterzando bruscamente per evitare un furgone. - Sono pronto a uccidere lui e chiunque altro pensasse di tradirmi... - rispose con enfasi.

- Vedo - mormorò Tiger Brown.

Dopo di che nessuno aprì più bocca.

Helder scaricò il suo compagno nella City e proseguì verso il garage dove lasciò l'automobile. A piedi si diresse verso Curzon Street.

La rete si stava stringendo attorno a lui, lo sentiva. Il russo in prigione, Schriener nelle grinfie della Polizia francese, Maple che aveva all'improvviso alzato la cresta... tutti cattivi segni. Aveva sbagliato nel valutare Maple, confidando troppo nel suo debole per l'alcool. Lo aveva sequestrato con una doppia finalità e questo fine aveva giustificato i mezzi: adesso Verity Bell era a Londra e Comstock Bell si nascondeva per qualche suo oscuro scopo.

Ebbe la vaga sensazione che quel nuovo legame gli sarebbe stato comodo, se le cose si fossero volte al peggio.

Entrò nello studio dove era in attesa molta corrispondenza, costituita per lo più da inviti mondani, dal momento che la sua stella era in ascesa. Avvertì un fremito al pensiero che i suoi piani avrebbero potuto non andare a buon fine.

Cominciò comunque a passare in rassegna le varie buste finché la sua attenzione non venne attratta da una in particolare, redatta con una grafia che non gli era familiare.

L'aprì; il messaggio gli era stato inviato dal direttore del Post Journal ed era del seguente tenore:

Vorreste passare per incontrarci nei nostri uffici? C'è stato uno sviluppo nel mistero della scomparsa di Comstock Bell e, dato che siete in grado di fornirci informazioni preziose, voi potreste chiarirci i nuovi sviluppi. Abbiamo ragione di credere che la signora Bell sia morta.

Helder depose la lettera sul ripiano della scrivania e guardò fuori dalla finestra. Aveva pensato di poter dare una spiegazione a quel mistero: adesso sembrava che tutto sprofondasse.

Capitolo XVII
Visita ad una prigione

Un taxi lo portò alla redazione del giornale, il direttore non era ancora arrivato e ad attenderlo c'era Jackson, il giovane giornalista, il quale lo scortò in sala d'attesa.

- Che cos'è successo? - domandò Helder non appena si fu messo a sedere.

- Sarei benedetto se lo sapessi, - confessò l'altro, in pieno sconcerto. Stava camminando avanti e indietro con le mani sprofondate nelle tasche.

- Voi sapete - proseguì - che dopo la partenza del signor Bell e la ricomparsa di sua moglie in quel modo così sorprendente, tutto il giornale si è mobilitato per far luce su questo mistero. Benché avessimo ricevuto da Lucerna una lettera dell'interessato, sappiamo per certo che lui non ha mai soggiornato in quella città. Abbiamo avuto un'altra lettera da Vienna.

- Di che tipo?

- Il solito... scritta a macchina, firmata con un timbro di gomma e sottoscritta dalla moglie. Anche questa era stata spedita da un albergo di lusso e anche in questa circostanza i nostri corrispondenti hanno appurato che la coppia non vi ha mai messo piede. Per farla breve, nonostante tutte le nostre ricerche, brancolavamo ancora nel buio più assoluto fino... fino a ieri sera.

- E che cosa sarebbe successo? - domandò ancora Helder.

- Ci siamo serviti di un tale per tener d'occhio il porto di Boulogne e questa persona, dopo aver visto partire l'ultimo piroscafo diretto in Inghilterra, ha deciso di andare a rilassarsi un po' al Casinò. Strada facendo ha visto una signora che stava camminando, palesemente di fretta, nella sua stessa direzione. Lui ha pensato che, con ogni probabilità, avesse la sua stessa meta e non vi ha fatto più caso finché non si è accorto che lei non si è fermata al Casinò, ma ha proseguito a passi veloci verso un molo. Quando è passata sotto il riverbero di un lampione, l'ha riconosciuta come la donna che era stato incaricato di cercare.

"Per un attimo non ha saputo decidersi se seguirla o meno, ma sapeva che, per logica, sarebbe dovuta tornare da dove era appena passata. Si è limitato pertanto a rimanere in fondo al molo.

"È rimasto lì appostato per due o tre ore e, dal momento che la signora Bell non accennava a ritornare, ha percorso un lungo tratto fino all'ultima baracca della banchina. Con suo grande stupore, la donna era scomparsa" declamò Jackson con fervore prima di tacere per vedere l'effetto delle sue parole.

Helder annuì lentamente.

- E poi?

- Stamattina - proseguì il giornalista - abbiamo ricevuto una lettera da Boulogne, firmata da Comstock Bell e dalla moglie, in cui i due si lamentano per quello che definiscono il "proseguire della nostra persecuzione". Eccola.

L'americano non si prese la briga di leggerla, limitandosi a respingerla con un cenno del capo.

- Credo di capire - disse. - Nessuna traccia di Comstock Bell?

- Neppure l'ombra. Secondo la nostra teoria, la giovane è annegata. Era una notte tempestosa e non c'era possibilità di tornare indietro se non passando davanti al punto in cui era appostato il nostro uomo.

Helder si alzò e guardò fuori dalla finestra.

- Potete farmi un favore? - domandò.

- Purché sia ragionevole - scherzò l'altro.

- Alcune settimane fa - proseguì l'americano - è stato arrestato un russo, imputato di essere persona sospetta.

- Mi ricordo il caso - commentò Jackson - è stato in prigione per tre mesi e poi trasferito in un campo di lavoro.

- Proprio così - proseguì Helder. - Ora ritengo che, qualora riuscissi a parlare con quell'uomo, sarei in grado di risolvere il mistero della signora Bell. Credete di riuscire a ottenere un permesso dal Ministero degli Interni?

Jackson si mordicchiò il labbro con aria perplessa.

- Ne dubito - affermò. - Ad ogni buon conto posso provarci. Non appena arriverà il capo vedremo che cosa si potrà fare.

Dopo un altro scambio di parole, Helder si congedò e fece ritorno al suo appartamento di Curzon Street. Al telefono venne a sapere che Gold non fosse in città.

- Meglio così - disse fra sé e sé - sono sicuro che, se mi lasceranno in pace, riuscirò a venir fuori anche da questo brutto pasticcio.

Con tale riflessione si avviò in camera da letto e si concesse qualche ora di sonno.

Alle cinque venne svegliato dal domestico che gli portò un telegramma, da parte del giornale:

"Colloquio accordato. Il vostro russo si trova nell'istituto penale di Chelmsford. Passate dall'ufficio del segretario".

Jackson se ne era già andato quando Helder fece ritorno al giornale, ma ad attenderlo c'era il direttore che gli porse l'autorizzazione e gli fece cenno di sedersi.

- Non sono un uomo curioso - spiegò. - Ma sto continuando a pensare perché mai volete andare a trovare quel detenuto. Ritenete che Comstock Bell sia coinvolto in quel giro di falsari?

Helder annuì con gravità.

- Sì - affermò.

In poche parole gli raccontò la storia del "Circolo del Crimine", fra i cui affiliati c'era anche Comstock Bell.

- Hmmm... - commentò il direttore - ne ho sentito parlare. In fondo mi sembra una ragazzata come tante altre, nemmeno delle peggiori. Voi pensate che quel Willetts sia stato tradito da Bell?

- Ne sono sicuro - rispose l'altro. Willetts è stato deliberatamente e vigliaccamente consegnato alla Polizia da quell'infame di Bell per salvare se stesso.

- Quale è la vostra teoria in merito alla sua scomparsa? - domandò il direttore.

Helder esitò. Benché da mesi, giorno e notte, quel problema gli turbinasse per la mente, lui non aveva ancora formulato, per quanto strano potesse sembrare, alcun piano per gettare i suoi sospetti su Bell, senza limitarsi a delle generiche illazioni.

- Al momento non sono in grado di affermare nulla di preciso - confessò. - A mio avviso, ha sposato quella ragazza per potersi eclissare senza dare nell'occhio una volta sentito puzza di bruciato...

- Scusatemi - lo interruppe il direttore - sappiamo tutti che Comstock Bell è un uomo ricco. Anzi, non solo lo era prima, ma lo è molto di più adesso.

- Adesso! - esclamò meravigliato Helder.

Il direttore annuì.

- Sì. - proseguì - Sua madre, che già da tempo versava in cattive condizioni di salute, è morta una settimana fa. C'era un trafiletto su quasi tutti i giornali. Il figlio è il suo unico erede. Comstock Bell adesso è milionario. E resta sempre da scoprire il vero motivo di quel matrimonio, come pure che cosa abbia spinto una persona facoltosa come lui a sporcarsi le mani con un giro di soldi falsi. Comunque - concluse tendendo la mano - forse riuscirete a tirar fuori qualcosa di interessante da quel russo. Arrivederci.

Helder trascorse la sera a teatro. Al mattino presto prese il treno per Chelmsford. Alle nove si presentò all'ingresso dell'istituto di pena e venne scortato nell'ufficio del direttore, il colonnello Speyer.

- Volete incontrarvi con il nostro detenuto russo, non è vero? - gli disse. Oh, è l'unico russo che abbiamo qua dentro e rappresenta proprio un bel disturbo. Sapete, qui nessuno parla la sua lingua e quindi, un paio di volte alla settimana, dobbiamo far venire un interprete.

- Scusatemi - disse Helder - come mai quell'uomo è stato rinchiuso qui? Credevo che questa prigione fosse riservata soltanto ai delinquenti del posto.

- Da noi passa la gente più diversa, anche gli ergastolani in attesa di essere trasferiti a Portland o a Dartmoor. Comunque, dopo che avrete parlato con il nostro uomo... a proposito, conoscete il russo? - si affrettò a domandargli.

Helder annuì e il direttore lo fissò perplesso.

- Forse dovrei far assistere al colloquio qualcuno in grado di capirvi - disse - ma ho fiducia nel vostro rispetto per la legge - e proseguì fornendo all'americano un breve sunto delle cose che non doveva chiedere e degli argomenti che era vietato toccare. Poi lo scortò in uno stanzone spoglio, che conteneva soltanto un lungo tavolo, lucidato all'inverosimile. Pochi minuti dopo entrò il russo, infagottato nell'orribile divisa color cachi del penitenziario, con gli occhietti sprizzanti di gioia vedendosi davanti l'ex datore di lavoro.

Si mise a sedere a un'estremità del tavolo. Helder dall'altra, e in mezzo a loro si sistemarono due secondini dall'espressione distratta, quasi annoiata.

Il colloquio non fu lunghissimo: solo quanto bastò per avvertire il russo della necessità di tenere la bocca chiusa e promettergli un cospicuo compenso dopo il rilascio. A mano a mano che la conversazione procedette, Helder si convinse che quell'individuo non costituisse per lui alcun pericolo.

All'esterno dello stanzone trovò ad attenderlo il direttore che gli chiese: - Vi piacerebbe visitare la prigione? - In effetti quel funzionario andava molto orgoglioso della sua carica, della disciplina, della pulizia e dell'ordine dell'istituto penale affidato alle sue cure.

- Sarà un vero piacere - rispose Helder che seguì il suo anfitrione attraverso il grande spazio circolare dove, fila dopo fila, le celle salivano dal piano terra fin sotto il soffitto di vetro. Tre lati della struttura erano percorsi da inferriate d'acciaio e, fra un piano e l'altro, era stata tirata una grande rete metallica.

- Si è rivelato un provvedimento indispensabile - commentò il direttore. - Di recente ci sono stati almeno un paio di tentativi di suicidio.

Il visitatore venne scortato all'interno di una cella dove, su sua richiesta, la porta gli venne chiusa alle spalle. Per un attimo concepì il morboso desiderio di rendersi conto di cosa significasse starsene rinchiuso là dentro, ma fu sollevato nell'udire lo scatto del lucchetto quando l'uscio venne riaperto.

- I detenuti stanno usufruendo dell'ora d'aria - lo informò il direttore scortandolo in un angusto cortile. Helder seguì con lo sguardo un gruppo di detenuti che stavano facendo del moto; ce n'erano di vecchi e di giovani. Alcuni di loro, i più spavaldi, ricambiarono l'occhiata quasi con insolenza. Altri invece girarono il capo dall'altra parte. Fra questi c'era un uomo alto, molto più alto dei suoi compagni. Helder ritrovò nella sua andatura qualcosa di insolitamente familiare e non lo perse di vista finché quella specie di gigante non si voltò e lui poté vederlo in viso. A stento riuscì a trattenere l'esclamazione che gli stava uscendo dalle labbra.

Era Comstock Bell!

- Vi è successo qualcosa? - si affrettò a chiedergli il direttore.

- Quell'uomo... quell'uomo alto, chi è?

- Quello - fu la risposta - è Willets, il falsario.

Capitolo XVIII
La frase sulla banconota

Helder tornò a Londra con la mente sconvolta da un turbinio di pensieri. Spesso aveva avuto il sospetto che Bell nascondesse un segreto e ora tante cose trovarono una spiegazione.

Comstock Bell e Willetts erano la stessa persona. Con ogni probabilità, Willetts era morto e, per evitare uno scandalo, Bell aveva assunto il suo nome vivendo una doppia vita. Ora si era volontariamente consegnato alla giustizia scontando la sua colpa sotto il nome fittizio.

Tutto ciò spiegava molti episodi altrimenti inconcepibili. Bell si era servito della sua influenza affinché, durante il processo, risultassero contemporaneamente assenti dall'Inghilterra sia lui che Gold. Adesso tutto era chiaro.

Un pensiero improvviso lo fece sussultare: Comstock Bell godeva di grande influenza anche in America ed era pienamente a conoscenza del coinvolgimento in quel giro di denaro falso, il che significava che l'organizzazione internazionale aveva i giorni contati. Willetts era stato condannato a un periodo detentivo di dodici mesi e, grazie all'ordinamento in vigore, ne avrebbe scontati soltanto nove, poi sarebbe stato rilasciato. E, per i falsari, che quell'uomo tornasse a piede libero avrebbe costituito il più grande dei pericoli.

Con un telegramma Tiger Brown venne convocato a Curzon Street e, cercando di essere il più conciso possibile, Helder gli spiegò la situazione.

- Adesso sappiamo perché Bell si è sposato - affermò. - E ora non costituisce più un mistero neppure il trucco della mano fasciata, studiato per poter ricorrere senza destar sospetti alla macchina da scrivere e far sì che, durante la sua assenza, la sua corrispondenza potesse venire redatta da una terza persona. Per lui era indispensabile trovare qualcuno di cui fidarsi... ecco perché ha sposato Verity Maple, ed è stata quella donna a spedire lettere dalle varie parti d'Europa, dove ha compiuto fugaci puntate, trascorrendo magari soltanto qualche ora nell'albergo con l'unica finalità di poter usufruire della carta intestata.

- Mi sembra un piano un po' troppo complicato - commentò Tiger, non certo dotato di grande immaginazione. - Perché Bell avrebbe dovuto farsi rinchiudere volontariamente in prigione? Mi sembra una forma di pazzia!

Helder non rispose immediatamente. Recepiva meglio del complice la terribile tirannia della coscienza. Non gli era nuova la paura che ossessiona, lo spettro della perdita della libertà che induce i più deboli a bere e i più sensibili a perdere progressivamente la luce della ragione.

Poi c'era la madre di Comstock Bell. Helder era al corrente di alcune caratteristiche della personalità di quella vecchia signora inferma del New England, orgogliosa del figlio e ancor più del buon nome della sua casata. Era stata lei il fattore determinante, ne era certo.

- Non mi sembra proprio una sciocchezza - affermò con calma. - A questo punto dobbiamo trarre profitto dalla situazione, Tiger. Ora disponiamo di due armi validissime.

- E quali sarebbero? - domandò l'altro.

- Conosciamo il segreto di Bell, e Tom Maple è nelle nostre mani. Sta a noi sfruttare al meglio queste opportunità.

Avrebbe potuto far leva su due cose. Mentre Comstock Bell stava in prigione, egli aveva, comunque, una discreta libertà. Avrebbe potuto muoversi liberamente senza che Bell potesse usare la sua conoscenza per creargli inconvenienti.

Ma rimaneva il problema di Gold. La familiarità con quel piccolo uomo aveva generato disprezzo per le sue capacità. Lo sottostimava. Non c'era da meravigliarsi, Gold non aveva mostrato quelle superlative qualità dell'investigatore ideale. Due volte era venuto in conflitto con lui e due volte l'investigatore era stato battuto.

In effetti, due giorni dopo non si turbò più di tanto nel ricevere, da parte dell'incaricato dell'Ambasciata in questione, un invito ad incontrarsi con lui in una saletta del Savoy. Gold aveva fatto ritorno a Londra e, quando Helder mise piede in albergo, notò subito i bagagli che erano ancora da disfare, sui quali spiccavano ancora fresche le etichette di Parigi.

Gold gli si fece incontro e gli disse senza preamboli: - Vi ho chiesto di venire perché intendo essere franco con voi.

- Quando qualcuno sostiene di voler essere franco - commentò l'altro con calma - significa che ha in mente di essere offensivo.

Gold annuì.

- Sarò offensivo, ma voi dovrete starmi a sentire fino in fondo. - Cominciò a passeggiare nervosamente.

- Da dodici mesi - disse - sono sulle tracce di quella banda di falsari che attualmente sta operando in diversi Paesi.

- Da quanto ho capito - lo interruppe Helder asciutto - mi avete fatto anche l'onore di ipotizzare che io non sia del tutto estraneo alla cosa.

- Non si è trattato di un'ipotesi - lo corresse il poliziotto - ma di un'accusa vera e propria. So benissimo che siete coinvolto in questa faccenda e so anche che, per le vostre recenti imprese nelle sfere dell'alta finanza, vi siete avvalso della collaborazione di Tom Maple.

Gold si stava avvicinando troppo alla verità, per la sicurezza di Helder. Tuttavia finse indifferenza.

- Mi divertite - commentò.

- Maple - proseguì il poliziotto - ha falsificato della valuta francese, ne ho le prove. Vi ho fatto venire qui per comunicarvi che, o chiudete la baracca immediatamente, oppure si verificherà il più grande scandalo angloamericano che la storia ricordi.

Helder scoppiò a ridere.

- Mi piacerebbe assecondarvi - scherzò. - Se possedessi sufficiente talento istrionico, mi metterei in ginocchio davanti a voi, confesserei la mia colpa e mi consegnerei alla giustizia. Mi piacerebbe proprio farlo... sarebbe senz'altro in sintonia con lo spirito melodrammatico con cui portate avanti le vostre indagini.

Si alzò e prese cappello e guanti.

- Sfortunatamente - proseguì - non posso compiacervi. Voi mi avete lanciato le accuse più infamanti e ciononostante ho deciso di passarci sopra. So che vi piace scherzare... in fondo il vostro lavoro è scoprire i colpevoli e, in mancanza di ciò, adesso vi siete inventato una bella storiellina per non perdere la faccia. So di non essere persona gradita al vostro superiore che immagino si berrà con facilità la vostra assurda teoria secondo la quale io non sarei un innocuo operatore di borsa bensì l'audace e sfrontato capo di una banda di falsari.

- Scoppiò a ridere. - Davvero una bella storiella... avreste dovuto scrivere libri, Gold. Sapete benissimo, al pari di me, che è Comstock Bell il cattivo della situazione.

Qualcuno bussò delicatamente alla porta, ma nessuno dei due uomini se ne accorse. Gold era troppo intento a fissare il suo interlocutore. Non era né arrabbiato né infastidito, anzi lo stava profondamente divertendo l'osservazione di quell'uomo che, pur essendo un criminale e sapendo di avere le ore contate, mantenne un atteggiamento così disinvolto.

- Comstock Bell - ripeté Helder - è il falsario e voi lo sapete.

- E Cornelius Helder è uno spudorato bugiardo - disse una gradevole voce alle sue spalle.

I due si voltarono. Sulla soglia c'era una signora alta e graziosa, elegantemente vestita, che si portava dietro una lieve, indefinibile fragranza di fiori rari.

- Posso accomodarmi? - domandò mentre il volto di Helder si era fatto paonazzo. Gold le porse una sedia e andò a chiudere la porta.

- Mi rincresce molto - proseguì la donna - d'avere interrotto la vostra discussione in una fase così interessante.

Adesso sul volto di Helder si era dipinto un sorriso perfido.

- Posso capire il vostro punto di vista, signora Granger Collak - disse - ma desidererei sottolineare che non è consueto, nella buona società insultare un gentiluomo accusandolo senza mezzi termini di essere un bugiardo, benché... - sorrise di nuovo -... ormai sia molto tempo che non frequentiate più, come dire, un certo ambiente.

A quel punto Gold pensò di inserirsi nel colloquio, temendo la reazione della suscettibile signora, poi decise di lasciarla fare. Il suo arrivo era stato davvero inatteso; aveva pensato che lei fosse in Francia. Si chiese per quale motivo fosse venuta da lui.

- Sì - convenne la signora con voce languida - è da un pezzo che non frequento un... un certo ambiente, quell'ambiente che all'epoca vi era precluso e al quale miravate con tutte le vostre forze. Ma vi ho vissuto abbastanza per conoscere Comstock Bell e so per certo che si tratta di una persona estremamente affascinante, generosa, di assoluta integrità morale.

- Non intendevo certo mettere in dubbio la sua generosità - obiettò Helder con aria allusiva. - E poi, a questo proposito, voi sarete certo più informata di me.

Il significato di queste parole fu inequivocabile.

La signora Granger Collak tirò fuori dalla borsetta un astuccio d'oro e si accese una sigaretta. Si appoggiò allo schienale e fissò l'interlocutore con gli occhi ridenti.

- Sì - disse - il signor Bell è stato molto generoso con me, sotto tutti gli aspetti.

- Un animo onorevole, credo, fosse la vostra frase. - ironizzò Helder.

Lei inclinò il capo. - Era proprio la mia frase, - rispose pacatamente.

- Suppongo, signora Granger Collak, che voi siate quasi un'autorità su ciò che vengono definite relazioni onorate.

- Certamente, io ho avuto a che fare con persone indegne, e ho fatto anch'io cose disonorevoli. È ciò che volete dire, vero?

La donna sorrise ancora, e Helder rimase stupefatto dalla franchezza dell'attacco.

- Ma non ho mai calunniato uomo o donna, mentito su di loro, o voluto danneggiarli.

- Ciò che io so - replicò con finta umiltà Helder - che il pettegolezzo vi accredita con l'essere... diciamo, gentile?

- Potete pensarla come vi pare. Ribadisco solo che chiunque accusi Comstock Bell di essere un falsario o è un grande stupido o un gran bugiardo - puntualizzò.

S'interruppe, accigliandosi. - Sono meravigliata, - esclamò guardando direttamente Gold. Estrasse dalla borsa un ritaglio di giornale che porse direttamente all'investigatore

- Siete stato voi a far pubblicare questo annuncio, non è vero? È proprio per questo motivo che sono venuta.

Gold annuì.

- È molto strano che mi sia capitato sotto gli occhi. È apparso su un quotidiano italiano. Alla maggior parte di noi farebbero comodo banconote da mille franchi - sorrise - ma da questo a passare a un'inserzione...

Helder rizzò subito le antenne mentre Gold avrebbe voluto volentieri scomparire. Ma ormai era troppo tardi.

- Posso vedere anch'io? - si affrettò a chiedere Helder.

Gold gli porse il ritaglio di giornale. L'annuncio era redatto in italiano, inglese e francese e invitava i possessori di biglietti da mille franchi con numero di serie da 687642 a 687653 a mettersi in contatto con la Polizia francese o con Wentworth Gold.

Helder lo lesse con crescente apprensione, pur non interpretandone il significato.

- Che caratteristiche particolari avrebbero questi biglietti? - domandò.

La signora Granger Collak lo ignorò e, sempre dalla borsetta, estrasse una banconota ripiegata.

- Eccone una - annunciò. - Come vi pare?

Gold prese il biglietto di banca e lo fece scorrere fra il pollice e l'indice con aria da intenditore. Poi lo girò.

- Purtroppo per voi questa banconota è falsa, cara signora, ma sarò felice di rimborsarvela per intero - annunciò con voce vibrante per l'eccitazione.

Ormai Helder era quasi in preda al panico. Sospettava, più che averne la certezza, che si trattasse di uno dei biglietti falsi che lui stesso aveva messo in circolazione, ma in che modo differivano l'uno dall'altro? Da qualche parte dovevano esserci in giro duemila banconote analoghe. Conosceva Gold abbastanza bene per rendersi conto che, qualsiasi fosse il segreto, lui non glielo avrebbe certo rivelato. Non sapendo che pesci pigliare, accennò ad accomiatarsi.

- Riparleremo di quella faccenda, Gold - disse.

L'investigatore annuì con una luce trionfante negli occhi.

- Arrivederci, signora Granger Collak - proseguì Helder tendendo la mano alla donna che lo fissò con il più ammaliatore dei suoi sguardi.

- Arrivederci - disse - dovete venire a vedermi quando... quando tornerò a galla...

- Dovrò aspettare così a lungo? - fu la rude risposta, se ne rese conto, ma non gli era venuto in mente nient'altro da dire.

*****

- Adesso, Tiger, esigo da voi uno sforzo di memoria - intimò Helder mentre stavano camminando in una zona poco frequentata di Hyde Park - e cioè che ricordiate le circostanze nelle quali sono state stampate delle banconote francesi.

- Me ne ricordo esattamente - rispose Brown prima di lanciarsi in un'esposizione dettagliata.

- Le ha maneggiate qualcun altro all'infuori di voi?

Tiger scosse il capo.

- Le ho prelevate direttamente dalla macchina - rispose - e le ho spedite.

- Sicuro che nessun altro le abbia toccate? - insistette Helder.

- No, era impossibile.

- Proprio nessuna persona le ha toccate? - Riprese Helder.

Tiger Brown ebbe un attimo di esitazione. - In effetti ne ho passata qualcuna a Maple. Non vi ricordate che aveva chiesto di vederle dopo la stampa per effettuare degli esperimenti sull'inchiostratura? Poi me le sono riprese e le ho messe in circolazione. Anzi, per essere preciso, le ho spedite proprio con la prima consegna pensando che, avendo superato l'esame di Maple, fossero assolutamente sicure.

- Quante erano? - domandò Helder.

- Dodici - rispose l'altro.

Helder si lasciò scappare un'imprecazione. - Lo stesso numero dei biglietti che stanno cercando - ringhiò. - Ma se Maple mi ha giocato qualche scherzo, per Dio... - Non terminò la frase.

Ma se inganno c'era stato, quale avrebbe potuto essere? Cercò di fare lavorare le meningi. Doveva esserci qualche spiegazione alla gioia che Gold aveva manifestato nel venire in possesso di quel biglietto di banca, quasi avesse ricevuto la chiave della situazione.

Tornato a casa, si mise alla scrivania e cominciò a scrivere frettolosamente una dozzina di telegrammi, indirizzati in America e in diverse parti del Continente e redatti in codice, un codice semplice utilizzato nell'ambiente dei falsari. Quando ebbe terminato, li porse a Tiger Brown.

- Speditel subito - ordinò - e ritroviamoci fra un'ora. Passerò a prendervi all'ingresso di Finsbury Park.

All'ora convenuta la sua elegante auto si fermò davanti ai cancelli del giardino e Brown salì sopra. Era ormai buio quando raggiunsero la strada privata che conduceva alla fattoria.

Frattanto Gold, rimasto solo con la signora Granger Collak, non perse tempo, sicuro di potersi fidare di quella donna che per niente al mondo avrebbe tradito Comstock Bell. Sistemò una serie di banconote sul tavolo davanti a lui, poi accese una stufetta a gas e suonò il campanello per ordinare al cameriere di portargli un bricco di latte. Dopo che l'uomo se ne fu andato, il poliziotto prese una minuscola lente di ingrandimento e indicò alla signora Granger Collak la minuscola dicitura sul retro del biglietto.

- Latte? - domandò questa sconcertata. - Che cosa c'entra il latte?

- Credo di capire - affermò Gold.

Prese il bricco, dispose la banconota in un piattino e la coprì col liquido bianco. Poi la tirò fuori e, scuotendo il liquido superfluo che vi era rimasto attaccato, la mise davanti alla stufetta a gas ad asciugare.

La donna seguì ogni sua mossa finché lui non si raddrizzò tenendo il biglietto nel palmo della mano, con gli occhi lucidi per l'eccitazione.

- Incredibile! - commentò.

Sul retro, grazie all'azione combinata del latte e del calore, era visibile un messaggio in piena regola. Lo lessero assieme, poi Gold si avviò al telefono.

- Semplicissimo - commentò mentre aspettavano nell'atrio dell'albergo l'arrivo degli uomini di Scotland Yard. - Si tratta di un tipo di scrittura segreta molto conosciuta. Si umidifica la penna fra le labbra e si scrive il messaggio destinato a rimanere invisibile finché non viene sottoposto al trattamento a cui avete assistito. Tenetevelo a mente, forse potrebbe tornarvi utile.

*****

Helder arrivò alla fattoria e bussò. Clinker, il custode, venne ad aprire con insolito ritardo.

- Maple non sta bene - annunciò laconico.

- Starà ancor peggio dopo che lo avrò trattato come si merita - commentò Helder dirigendosi senza esitazione verso la camera blindata dove Maple giaceva riverso sul lettino, mezzo svestito. Aveva il volto pallido e tirato, gli occhi infossati e le labbra bluastre. Guardandolo, Helder si rese conto che non gli restava molto da vivere.

- Da quanto tempo è in queste condizioni? - domandò.

- Da ieri - rispose il custode. - Succede sempre così a quelli abituati a bere che smettono di colpo.

Helder si mise a sedere a fianco del letto, con le mani in tasca, il capo proteso in avanti.

- Maple - disse all'improvviso - vi ricordate di quella mazzetta di banconote francesi che vi abbiamo passato per certi esperimenti?

Maple scosse debolmente il capo.

- Vi ricordate? - incalzò Helder. - Che cosa avete fatto a quelle banconote?

Maple chiuse gli occhi, come se l'argomento non lo interessasse.

- Cosa ci avete fatto con quelle? - urlò l'americano afferrando quel povero relitto per la spalla e scuotendolo con furia selvaggia.

- Devo saperlo, mi avete sentito? - sibilò. - Vi decidete a parlare?

Le labbra di Maple composero la parola “nulla” ma l'atteggiamento della mascella fece capire a Helder che fosse un ultimo atto di sfida.

- Che cosa avete combinato? - insistette. - Mi avete sentito, Maple? Badate che non vi lascerò stare finché non avrò ottenuto una risposta.

Di nuovo scosse quel disgraziato con tutta la sua forza. Al moribondo spuntarono le lacrime agli occhi, ma ciò nonostante, serrò ancor di più la mascella.

- Io... - stava sbraitando Helder pallido di rabbia quando Tiger Brown, che aveva assistito in silenzio alla scena, lo afferrò per un braccio.

- Sta arrivando un'automobile.

Tesero l'orecchio. Era proprio il rumore di un motore.

- Scendiamo, presto!

In un baleno i tre raggiunsero la porta d'ingresso. Sentirono l'auto fermarsi. Qualcuno si avvicinò e bussò imperiosamente alla porta d'ingresso.

Helder si portò il dito alla bocca per invitare gli altri al silenzio. Dall'altra parte dell'uscio si levò una voce perentoria.

- Aprite... in nome del Re!

La faccia di Brown diventò livida.

- La Polizia! - boccheggiò guardandosi attorno nella disperata ricerca di una via d'uscita.

Helder non perse la calma. La sua auto era parcheggiata in un capannone sul retro dell'edificio. Si precipitò alla finestra della cucina per appurare se avessero via libera. Non vide nessuno. Aprì la porta e uscì, seguito dagli altri due.

- Saltate su - ordinò ai complici pur sapendo che il rumore del motore avrebbe attirato l'attenzione della Polizia. Ma era obbligato a rischiare.

Tirò fuori dalla tasca un grande fazzoletto di seta e se lo legò sopra la faccia in modo da lasciar visibile solo la parte fra il cappello e gli occhi.

La vettura si mise in moto e cominciò a sobbalzare sul terreno sconnesso. Helder vide due uomini uscire di corsa dalla casa ma, grazie al vantaggio di cui godeva, giudicò che sarebbe riuscito a raggiungere Londra, a meno di non imbattersi in un posto di blocco all'altra estremità della strada. Sicuramente avrebbero trovato nella fattoria prove sufficienti a dimostrare il suo coinvolgimento nella banda dei falsari, ma stava giocando un'ultima carta disperata e ad attenderlo ci sarebbe stato uno straordinario colpo di fortuna.

Capitolo XIX
Willets

Gold aveva visto dileguarsi l'auto. Purtroppo non aveva avuto il tempo di predisporre gli accorgimenti necessari per precludere a Helder ogni possibilità di fuga.

- Può aspettare - disse accingendosi a far ritorno all'interno.

Mentre stava esaminando l'ingresso principale, si rese conto che i fuggiaschi dovevano aver lasciato dietro di loro qualche altro ingresso aperto e, assieme ai due uomini di Scotland Yard, si portò sul retro. La porta attraverso la quale era passato Helder era socchiusa. Gold entrò. La semplice struttura della casa facilitò il compito degli uomini della legge. L'uscio della prigione di Maple non era stato chiuso a chiave. Gold si avvicinò subito al capezzale del falsario.

Non occorrevano specifiche conoscenze mediche per rendersi conto che quell'uomo stava malissimo: per prima cosa l'investigatore mandò a chiamare un medico. Il moribondo si rigirava in maniera scomposta sul suo cuscino, farfugliando frasi incoerenti. Gold effettuò una rapida perquisizione del locale, scoprendo diverse lastre da incisione incomplete, prova inequivocabile dell'attività che si svolgeva lì dentro. Aveva appena terminato la sua ispezione quando l'agente mandato in ricerca tornò con il medico.

- Temo che non riuscirà a venirne fuori - commentò questi dopo una breve visita. - Il cuore è in pessime condizioni ed è probabile che ci siano anche altre complicazioni che non sono in grado ora di rilevare.

Gold diede un'occhiata all'orologio.

- Sto aspettando sua nipote - annunciò. - Fortunatamente sono riuscito a mettermi in contatto con lei appena prima di lasciare la città e le ho detto di venire qui. Dov'è l'ufficio postale più vicino?

- Ce ne è uno a Royston - rispose il dottore. - Ci vogliono venti minuti in auto.

Non c'era tempo da perdere: doveva mettersi subito in contatto con la Polizia e sincerarsi che arrestassero Helder. Ormai possedeva prove sufficienti.

Si sedette al tavolino nella stanza e scrisse rapidamente. Era arrivato a metà messaggio quando si sentì il rumore di un'automobile.

- È la signora Bell, la sto aspettando - annunciò Gold.

Lasciò lo scritto rimasto a metà sul tavolo e uscì. Ma era un uomo quello che balzò fuori dal veicolo, un uomo alto, la cui camminata era familiare all'investigatore.

- Bell! - ansimò.

Senza una parola Comstock Bell si precipitò all'interno e, alla luce diffusa da una lampada che pendeva dall'alto, apparve pallido e tirato.

- Dov'è mia moglie? - domandò,

- La sto aspettando - rispose Gold.

Un'espressione allarmata comparve sul volto del giovanotto.

- Dove avete... - fece per dire Gold.

- Ve lo racconterò poi - affermò l'altro bruscamente. - Ho superato l'auto di mia moglie a quattro chilometri da qui. Si era verificato un guasto e l'autista mi ha riferito che Verity aveva deciso di proseguire a piedi. Possibile che abbia sbagliato strada?

Gold scosse il capo.

- Non credo. Forse sarà tornata a Londra. Invierò questo messaggio tramite uno dei miei uomini che potreste riaccompagnare in città con la vostra auto.

- Dov'è Maple? - domandò Bell.

- Al piano di sopra - rispose il poliziotto in tono grave.

- È morto? - La voce di Comstock Bell risultò tagliente e il suo volto divenne duro.

- No, non è morto - rispose Gold - ma temo che non tirerà avanti per molto.

- È ancora cosciente?

Queste ultime parole vennero udite dal dottore che stava scendendo proprio in quel momento.

- Adesso sì - intervenne - ma non dovrebbe essere disturbato.

Comstock Bell esitò.

- Questa storia sta condizionando tutta la mia vita - disse. - Supponete che non venga messo in agitazione, pensate lo si possa salvare?

Il medico scrollò il capo.

- Allora devo assolutamente parlargli - affermò il giovanotto con decisione. - Seguitemi.

I tre uomini salirono assieme al piano di sopra. Maple era sdraiato sul letto, sollevato con dei cuscini. Indirizzò un debole sorriso verso Gold, che fu il primo a entrare, ma non appena la sagoma di Comstock Bell si delineò sulla soglia, spalancò gli occhi e cominciò a tremare.

- Comstock Bell? - sussurrò.

L'altro annuì e, accostandosi al letto, si sedette e prese con delicatezza i polsi del moribondo.

- Da dove arrivate? - domandò Maple con un filo di voce. Dopo una leggera esitazione, Bell rispose.

- Sono appena uscito di prigione.

- Prigione? - bisbigliò l'altro.

Comstock Bell annuì. Nella stanza calò un silenzio mortale. Gold si rese conto che Bell stava vivendo il momento cruciale della sua esistenza. Fissò il giovanotto che, visibilmente, commosso, si chinò sul letto.

- Dalla prigione - ripeté. - Anni fa, a Parigi, venne contraffatto un biglietto di banca. Nel reato furono coinvolti due studenti. L'esecutore materiale lo aveva anche messo in circolazione mentre l'altro ignorò che l'amico avesse compiuto un passo così avventato. Per entrambi si era trattato solo di uno scherzo divertente, ma il reato venne scoperto, si fecero i loro nomi e tutti e due lasciarono la Francia. Per un certo periodo le loro identità si confusero.

Tom Maple stava fissando il soffitto mentre le sue labbra cercavano di formulare delle parole che non uscivano.

- Alcuni mesi fa - proseguì Comstock Bell - io, che ero parte innocente della cospirazione, mi sono consegnato spontaneamente alla Polizia perché non me la sentivo più di vivere in uno stato di continua angoscia e perché sapevo che la Polizia stava ancora cercando Willetts. Col nome di Willetts sono stato processato e condannato.

- E Willetts è morto - intervenne Gold. - Perché avete compiuto una simile assurdità?

- Willetts è vivo - affermò Comstock Bell.

L'uomo disteso sul letto abbozzò un sorriso.

- Sì - riuscì a dire con un filo di voce - è vivo. Willets sono io.

Si voltò su un fianco e continuò come se stesse parlando a se stesso; era difficoltoso udirlo perché a volte la voce si riduceva a poco più di un sospiro.

- Sono Willetts - ripeté - il povero Tom Willets. Willets... - proseguì con aria sognante - pensavo che non avrei mai più sentito quel nome.

Poi rimase zitto a lungo, così a lungo che gli altri pensarono si fosse addormentato. Il medico si chinò su di lui, sfiorandogli il viso.

- È morto - annunciò.

*****

Un'ora dopo Comstock Bell e Gold si diressero a Londra, chiarendosi a vicenda alcuni particolari.

- Ho lasciato Chelmsford stamani - raccontò Comstock Bell - in quanto la pena mi era stata ridotta grazie all'intervento della Polizia francese, tramite la persona del commissario Lecomte, e mi sono diretto subito a Southend, dove si era stabilita mia moglie.

Gold rimase leggermente confuso e non lo nascose, ragion per cui Comstock Bell aggiunse altre spiegazioni.

- Quando decisi che avrei dovuto espiare il crimine di cui mi si accusava, mi sono guardato in giro alla ricerca di una persona di cui fidarmi. Decisi di prendere moglie. Avevo progettato di tenere segreta la mia prigionia. A questo scopo ho acquistato un rimorchiatore e l'ho attrezzato nella maniera opportuna. Lo scopo era far sì che Verity andasse e venisse inosservata da Londra, cosa necessaria per molti motivi. Il giorno in cui lasciai la città per la luna di miele, non mi spinsi oltre Boulogne, il rimorchiatore mi portò in una stazione balneare e da lì mia moglie ed io tornammo a Londra. Quella sera stessa mi costituii. Purtroppo, per una malaugurata fatalità, Verity venne vista dietro la finestra di casa mia dove si era recata per recuperare il timbro di gomma che stupidamente avevo dimenticato.

- Ora capisco - commentò il poliziotto.

- Avevo fatto sapere a mia moglie il giorno del rilascio - proseguì Bell - e avevamo stabilito che mi avrebbe atteso a Southend. Lo sapevate?

Gold annuì.

- Lo sapevo, ma non ero al corrente che avesse messo la base in quella località.

- Sono rimasto molto sorpreso - proseguì Comstock Bell - di non trovarla. Poi ho trovato il vostro telegramma in cui le si diceva di recarsi alla casa di Cambridge Road.

- Ora c'è soltanto una cosa da fare - affermò Gold. - Affidare l'intera faccenda alla Polizia e tornare al rimorchiatore. Forse vostra moglie è lì.

Comstock Bell rimase titubante.

- Potrebbe essere tornata indietro per incontravi, - mormorò Gold.

- In tal caso è salva, - affermò Gold. - Fortunatamente non ci siamo discostati dal nostro percorso; possiamo cambiare strada al prossimo paese. Da questa parte di Waltham Cross c'è una via diretta verso Southend.

Non ebbero difficoltà a trovare la strada. Il natante era ormeggiato non molto distante dalla riva e, a quell'ora notturna, non sarebbe stato facile reperire un marinaio per il passaggio. Ma ad aspettarli all'estremità del molo c'era il capitano Lauder.

Le sue notizie non erano confortanti. La signora Bell non era ritornata.

- Ma se salite sul rimorchiatore, signore - proseguì - credo di potervi fornire delle informazioni utili.

Tramite una barchetta i tre uomini raggiunsero il *Seabreaker*.

- Si tratta di quel tale Helder - disse il comandante. - Ho idea che abbia qualcosa a che fare con la scomparsa della signora.

Si sedettero in cabina, denotando le tracce di una presenza femminile: due stanze che erano diventate l'abitazione della signora Bell.

- Andando lungo il fiume, come faccio di frequente, è difficile che mi sfuggano delle costruzioni nuove. Sulla riva dell'Essex, fra Tilbury e Barking, tre mesi fa è stato costruito un nuovo ricovero per barche. Mi è subito parso un posto insolito per sistemarvi un'imbarcazione da diporto.

- Imbarcazione da diporto? - si affrettò a chiedere Gold.

Il comandante annuì.

- Sì, a motore, una delle più belle che abbia mai visto, in grado di tenere bene il mare. Ho assistito ad alcuni collaudi. Da allora in poi l'imbarcazione è sempre rimasta lì e non l'ho mai più vista in acqua. Ogni giorno arriva un uomo a darle un'occhiata e, da quanto mio figlio è venuto a sapere da quelli del molo, poco tempo fa, mentre noi stavamo aspettando l'arrivo della vostra signora, ha imbarcato carburante e provviste sufficienti per una crociera di dieci giorni.

- È strano - commentò il poliziotto.

Guardò Comstock Bell e si accorse che il giovane uomo era stravolto.

- Dopotutto, - l'investigatore sostenne pensieroso - è una via di fuga da Londra che Helder deve aver progettato; è senz'altro una pregevole soluzione per il denaro in caso d'emergenza, ed è improbabile che non ci proverà.

- Ne sono convinto - intervenne Lauder. - Comunque il guardiano della barca ha riferito al mio ragazzo che si trattava di un signore americano.

- La cosa migliore che possiamo fare a questo punto - affermò Comstock Bell - è risalire il fiume fino a quella rimessa. Se l'imbarcazione dovesse essere ancora là, potremmo mettere di guardia uno dei vostri uomini e poi proseguire il viaggio per Londra.

Gold annuì e il capitano si avviò verso il ponte di comando. Dopo pochi minuti il *Seabreaker* risalì il fiume controcorrente. Era una notte buia; incrociarono tre vaporetti che stavano discendendo. Non ci fu traccia della barca a motore finché non si lasciarono Tilbury alle spalle.

All'improvviso il rimorchiatore virò di poppa, e si udì Lauder gridare: - Forse c'è qualcosa!

Vennero superati da un motoscafo che stava procedendo a tutta velocità, con il motore che ronzava a pieni giri, una lunga, slanciata barca a motore che passò tra loro e la sponda dell'Essex.

Le luci della piccola cabina, che prima era illuminata a giorno, si spensero all'improvviso.

- Per il momento è troppo veloce per noi - commentò il capitano - ma la raggiungeremo quando sarà al largo.

Bell si mise a fissare la piccola chiglia scura. Adesso anche i motori del rimorchiatore spingevano al massimo e la distanza fra i due natanti rimase costante.

- Potrebbe non essere la barca che stiamo cercando - commentò Gold - ma dobbiamo correre il rischio. D'altronde quelli dell'equipaggio non devono avere la coscienza a posto se si mettono a risalire il Tamigi a quella velocità e con le luci spente.

Nel buio il comandante fece una smorfia.

- Ho fatto più o meno la stessa cosa proprio poco tempo fa - si lasciò sfuggire.

- Credo... - s'interruppe Comstock Bell quando, all'improvviso, dall'imbarcazione che li stava precedendo arrivò un grido agghiacciante, seguito quasi subito da un secondo.

Di colpo la cabina si illuminò e comparvero alla luce due sagome e gli osservatori videro due figure a poppa dell'imbarcazione.

Comstock Bell vide chiaramente un uomo e una donna. Dopo un attimo i due si separarono e una figura scivolò dalla barca nelle acque tenebrose.

- È la donna - sussurrò con voce roca Comstock Bell.

Capitolo XX
Helder prende il largo

In un tratto deserto dell'arteria che portava a Cambridge, Cornelius Helder, sfuggendo alla giustizia, si era imbattuto in un'auto in panne, ferma in un punto tale da costringerlo a rallentare.

Una donna era seduta sul ciglio della strada mentre, con ogni probabilità, l'autista era andato a cercare soccorso nel paese più vicino.

Persino in quel momento di pericolo, l'uomo non rinunciò alla radicata abitudine di lanciare una lunga occhiata a qualsiasi esponente del gentil sesso che entrava nel suo campo visivo. La donna, sentendo il rombo del motore, aveva alzato un braccio e lui subito si era fermato, con un grande stridore di freni.

- La signora Bell, vero? - chiese serafico.

Verity lo fissò senza paura, completamente padrona di se stessa, se non della situazione.

- Devo chiedervi di salire, - proseguì Helder.

La giovane non rispose; sapeva che sarebbe stato inutile discutere con quel tipo. Diede un'occhiata alla strada mal illuminata. Non c'era nessuno in giro e realizzò subito che fosse in pericolo.

Helder si fece da parte e aprì la portiera invitandola, ma ci fu una minaccia nel farlo.

- Non ho intenzione di farlo, - sostenne risoluta.

Voleva negoziare, prendere tempo, ma in quel frangente critico non riuscì a pensare qualcosa da dire, e Helder era animato dal pericolo di ritardare.

- Salite! - ringhiò.

Lei indietreggiò; lui l'afferrò per un braccio e la spinse dentro l'auto.

- Se gridate - l'avvisò, mentre riprese il posto di guida - vi ucciderò. Avete capito? Mettetele il cappuccio - proseguì rivolgendosi a Tiger Brown.

Fissarono il cappuccio con una cinghia, quando un'altra automobile apparve alla loro vista sopra la cresta di una collina, un miglio più avanti.

- Tenetela in mezzo e bloccatele le mani. Se grida, fatela tacere. - Intimò Helder.

Brown esitò. C'era uno sguardo feroce sulla sua faccia, che Helder interpretò correttamente. Dalla tasca del suo impermeabile bianco estrasse una rivoltella.

- Non mi manderete a monte il piano! - sbraitò. - Mi avete sentito? Mettetemi il bastone tra le ruote e l'inferno ci sarà anche per voi.

C'era qualcosa di disumano in quella voce alterata dall'ira e Tiger sprofondò nel sedile con un sospiro.

Incrociarono l'altra auto a tutta velocità. Fu notte quando raggiunsero Londra. Attraversarono le vie più battute, lampeggiando con i fari, per quello che sembrava al guidatore una velocità da lumaca, ma che era persino troppo veloce per quel silenzioso rapimento.

Helder evitò i quartieri più affollati battendo le periferie e puntò costantemente a est finché raggiunsero la zona acquitrinosa dell'Essex, e Londra non fu altro che un bagliore di fuocherelli nel cielo. L'americano aveva già elaborato un suo piano. Si era cautelato per i casi di emergenza facendo attenti preparativi. Dappertutto in Inghilterra, in luoghi appartati, egli aveva preso in affitto o acquistato villini. Conosceva il valore di una dimora fissa e il pericolo che attendeva il criminale la cui idea di salvezza stava nello spostarsi di luogo in luogo, sempre in movimento.

A circa dieci chilometri dalla periferia di Barking, ad est di Londra, si stendeva una distesa disabitata di aree tutte pianeggianti che costeggiava il fiume. Una o due malsane fabbriche, un campo di aviazione, un molo destinato ai magazzini di un rivenditore di carbone, completavano gli edifici che stavano sulla riva di fronte.

- Scenderemo qui - annunciò all'improvviso.

Non c'erano case in vista; sembravano le uniche creature vive tra grisou e la tristezza del quartiere. Di fronte a loro la ragazza scorse soltanto degli ordinati cumuli di carbone impilati sopra solide basi; s'immaginò che la staccionata in legno delimitasse il piazzale di una fabbrica.

Helder afferrò il suo braccio e, mezzo tirata e mezzo spinta, la spinse avanti.

- Non vi sarà fatto alcun male se sarete ragionevole - le disse.

Lasciarono il deposito sulla sinistra e s'incamminarono incespicando per circa un quarto d'ora. Nell'oscurità la ragazza distinse la sagoma tozza di una costruzione edificata a pelo d'acqua. Con soddisfazione Helder notò la presenza dell'alta marea.

A tentoni riuscì ad aprire la porta dell'edificio e spinse la ragazza all'interno.

Un vago odore di catrame e petrolio l'accolse.

Helder accese una lampada e la giovane si rese conto di trovarsi in una larga rimessa, e al centro del pavimento scivoloso c'era una grande barca a motore.

Le guide di scorrimento scendevano verso il basso, puntando alle grandi entrate all'altra estremità della costruzione e evidentemente s'immergevano nell'acqua.

- È la mia scialuppa di salvataggio - commentò l'americano ritrovando per un attimo l'antico buonumore... e indicò con affetto la grande lancia a motore, aggiungendo infine, - aspettando che mi trasporti sano e salvo dal naufragio. Credo che per noi sia giunto il tempo di lasciare questo Paese.

I suoi due accompagnatori stavano esaminando l'imbarcazione con grande interesse.

Tiger Brown, pur atterrito davanti alla prospettiva che lo stava attendendo, non poté rifiutare la sua ammirazione per la preveggenza del capo.

- È splendida - commentò.

- È attrezzata per un lungo viaggio e tiene il mare in maniera meravigliosa - riferì Helder.

Sospesa dal soffitto c'era una catena di ferro alla fine della quale pendeva una maniglia. Helder la tirò e le porte, dondolando, si aprirono mostrando all'esterno la scura acqua del fiume.

- Avanti! - ordinò. E appose una scala contro la fiancata della barca e Brown la sistemò saldamente contro lo scafo, salendoci.

- Io non vengo - si oppose la giovane con veemenza. - Non mi interessa quello che fate, non verrò. Non siete ancora soddisfatto di quello che avete già fatto?

- Credo proprio che mi seguirete, signora Bell - la contraddisse Helder volutamente.

- Io non desidero affatto incontrare il vostro consorte nella prigione di Chelmsford.

La ragazza sbiancò in volto e indietreggiò. L'uomo scoppiò a ridere.

- Sì, siete stati davvero abili a custodire il vostro piccolo segreto e finora io sono l'unica persona in Inghilterra, oltre a voi, ad esserne al corrente. Io non penso che sia importante che sia in un modo o nell'altro, e in realtà credo che vostro marito sia esageratamente sensibile. Ma ora mi risparmierete un sacco di fastidi ... e a voi stessa qualcosa di poco piacevole, se voi signora non farete resistenza al mio piano.

- Mio marito è innocente - proclamò Verity - sta soffrendo per la colpa di un altro.

Il giovanotto si inchinò cerimoniosamente.

- La maggior parte delle persone che finiscono in prigione si proclamano innocenti; generalmente soffrono le offese altrui - asserì. - Salite! Il suo tono era imperativo, brutale. - Salite! - ripeté con durezza. Vi dico che ho bisogno di voi, voi siete necessaria e ho intenzione di portarvi, se dovessi essere costretto a... - Tacque di botto.

Verity si rese conto che qualsiasi tipo di resistenza sarebbe stata inutile. Attraverso qualche stratagemma, che lei non era in grado di individuare, Helder aveva scoperto il segreto a cui lei si era dedicata completamente mantenendosi sempre all'erta. Disobbedirgli ora avrebbe significato con tutta probabilità tradire Comstock Bell.

Lanciò un'occhiata disperata agli altri due uomini. Brown, aveva mostrato riluttanza ad obbedire ma ora con la libertà di fronte era ansioso come Helder di andarsene. Rimaneva soltanto quell'uomo chiamato Clinker. Non c'era alcun segno di compassione nei suoi occhi. La sua mano tremò mentre si aggrappò alla scaletta e infine salì sull'imbarcazione, e non mostrò alcun segno di paura.

Helder la seguì e tirò a bordo la scaletta.

Si appoggiò sopra la poppa dell'imbarcazione, sbloccò il cuneo di fissaggio che tratteneva la barca e questa scivolò dolcemente in acqua dove la marea la fece oscillare. Dopo un minuto i motori presero a girare rumorosamente, sospingendo la barca lungo il fiume.

Clinker e Tiger Brown erano passati a prua e Helder era rimasto solo con la ragazza nella piccola cabina di poppa.

- Forse voi potete darmi qualche informazione? - le chiese quasi subito.

La giovane non rispose.

- Penso che forse abbiate ben poco da raccontarmi - proseguì. - A proposito del vostro matrimonio ne so tanto quanto voi. Sarei però curioso di conoscere come abbia fatto vostro zio a tradirci.

Verity tenne le labbra contratte; c'era nei suoi occhi una luce di disprezzo che lo faceva infuriare.

L'uomo allungò una mano, spense la luce e con l'altra afferrò rudemente la donna per la vita. Con una rapida mossa Verity si divincolò e balzò fuori dalla cabina.

- Se vi avvicinate - minacciò - salterò fuori bordo.

Ed era chiaro che lo avrebbe fatto.

- Non dovete avere paura - la canzonò Helder. - Sarebbe sconsiderato da parte mia danneggiare una merce così preziosa. Immagino che Comstock Bell sia disposto a sganciare una bella sommetta per riavervi indietro.

Appena terminò di parlare si avvicinò ulteriormente, e senza alcun preavviso l'afferrò e la strinse tra le sue braccia. Lei urlò con veemenza e nel silenzio della notte quel grido sembrò voler risvegliare tutto ciò che era vivo sul sonnolento fiume.

- Zitta! - ribatté ferocemente.

- Lasciatemi stare!

- Promettete di non urlare più?

- Lasciatemi andare! - ripeté Verity.

Si staccò da lei e tornarono nella cabina.

- Venite qui - le ordinò brusco.

- Accendete prima la luce - gli intimò la giovane.

Schiacciò il piccolo bottone e la cabina si illuminò di nuovo. Rimase immobile, non si mosse, salvo girare la testa. Il suo corpo s'irrigidì.

- Grazie a Dio! - Lui udì il suo sussurro, - il *Seabreaker*.

Anche Helder guardò verso poppa. Dietro di loro, arrivando a tutta velocità, vide il rimorchiatore e in un attimo comprese il significato.

L'afferrò, le mise la mano sulla bocca e cercò di trascinarla ancora all'interno. I due lottarono per qualche secondo, con la piccola lancia sballottata avanti e indietro, a causa della violenza dei loro gesti. Poi Verity riuscì a liberarsi. L'uomo allungò una mano per ghermire la giovane donna, ma era in ritardo e lei si tuffò di testa in acqua.

Rimase in ascolto del fragore metallico del motore del rimorchiatore e intuì che c'erano stati testimoni al gesto della ragazza. Rientrò a grandi passi nella cabina e spense di nuovo la luce.

Tiger Brown si portò subito a poppa.

- Che problema c'è? - chiese.

Helder per un attimo non rispose, poi scoppiò a ridere.

- Se potessimo raggiungere la costa del Belgio prima dell'alba, saremo estremamente fortunati.

Si voltò all'indietro. Si accorse che la distanza fra sé e gli inseguitori era aumentata; la *Seabreaker* era stata girata di fianco e non dubitava che l'imbarcazione avesse rallentato per aiutare la ragazza.

- In un modo o nell'altro - proseguì quasi parlando a se stesso - non credo che dovremo raggiungere il Continente.

Capitolo XXI
Gli scherzi del destino

Verity Bell era adagiata su un divano del grazioso salottino del *Seabreaker*, debole ma sorridente, con il marito al suo fianco.

Il rimorchiatore aveva invertito la rotta e adesso stava risalendo lentamente il fiume, mentre Gold, ritto accanto al capitano, meditava sul risultato del telegramma che aveva spedito a riva, in seguito al quale la Polizia costiera francese e belga avrebbero provveduto ad accogliere l'arrivo di Helder e dei suoi complici.

Ma qualsiasi tragedia attendesse i tre fuggiaschi, ora sballottati da un furibondo vento di nord-ovest che imperversava al largo, c'era qualcosa di tragico anche nella scena che si svolse nel salottino e che aveva per protagonisti Comstock Bell, un uomo libero, riconoscente fino al limite dell'adorazione, e sua moglie, frequentata per meno di dodici ore, con quella formalità che avrebbe potuto manifestare qualsiasi conoscenza casuale. Lei aveva assecondato il suo progetto.

Questo era ciò che pensava di se stessa, giacendo lì, troppo esausta a causa delle recenti disavventure, per fare qualsiasi cosa eccetto che riflettere.

Aveva compiuto il proprio dovere... e adesso?

Per un lungo periodo aveva guardato il marito attraverso gli occhi socchiusi; aveva notato le nuove rughe attorno alla bocca che la vita di prigione gli aveva creato; la magrezza causata dall'alimentazione in carcere e la nuova espressione di sollievo, che sopraggiunge a un uomo che si è liberato da pensieri nefasti, e la cui l'anima si è finalmente staccata dal peso opprimente di una paura segreta.

Era pronta ad affrontare il peggio, pur non avendo nella sua mente la minima idea di che cosa sarebbe stato il meglio... e ancor meno per quello che avrebbe potuto decidere, senza certezze, nel progredire dei suoi desideri. In questa stessa cabina, su questo stesso divano, aveva scavato dentro la questione, ore su ore, senza trovare una soluzione. Quale sarebbe stato il suo futuro... e quello del marito?

Una soluzione, aveva pensato, sarebbe stata il divorzio, ma questa idea la faceva rabbrividire con una buona ragione. Per i canoni della legge inglese era considerata una legge bestiale, che negava il rispetto per la decenza e l'onestà. Occorreva che si accettasse il peggio per divorziare, spogliandosi di quel decoroso manto che è l'umiltà; non provare alcuna vergogna, e persino essere costretti a vivere secondo le regole che altri hanno deciso per voi.

Per Comstock Bell la situazione invece risultava essere più chiara. Non possedeva la forza mentale della giovane, e da quando si era prefisso di prendere l'iniziativa, il suo progetto aveva dato un esito appena percettibile. E non c'era stata alcuna rilevanza nella sua decisione del fatto che la ragazza fosse bellissima, indiscutibilmente. In effetti il giovane non aveva mai trovato, in precedenza, il tempo per valutarla con occhio critico; persino in quel momento la sua facoltà di giudizio era condizionata dalla consapevolezza del grande servizio che Verity gli aveva reso. Lei era stata capace di affrontare un enorme sacrificio. Si rese conto in maniera istintiva che le proprie paure avevano assunto un ruolo importante nella storia della banconota da cinquanta dollari e nel suo atto di espiazione. Qualunque cosa avesse potuto pensare, quel periodo era stato il punto di svolta della sua vita. Ora era giunto il grande momento sopra cui far dipendere il futuro.

Verity aveva un aspetto molto fragile, pensò. Si era cambiata gli abiti fradici e aveva indossato un ampio kimono di seta che contrastava deliziosamente con la pelle candida.

Aprì gli occhi, e sorrise.

- Bene? - esclamò.

Erano due piccole amichevoli sillabe, ma colpivano il punto che lui più desiderava.

- Siete rimasta sorpresa nel vedermi, non è vero?

Un'inspiegabile timidezza gli impedì di chiamarla per nome.

- No, non sono rimasta sorpresa - rispose la giovane pacatamente - ma lo sono adesso di non esserlo stata.

Seguì un lungo silenzio e fu Verity a infrangerlo.

- Mio zio... è... ?

Comstock Bell annuì, mestamente.

- Lo temevo - commentò triste. - Povero zio!

- Lui non era molto più vecchio di me; considerando come usualmente si fa quel tipo di rapporto, devo ammettere che con me è sempre stato molto buono. - I begli occhi si riempirono di lacrime. - Io sono... - Smise di parlare all'improvviso e una vampata di rosso le infiammò il volto.

- Cosa? - domandò il marito sottovoce. La ragazza scosse il capo.

- Nulla... nulla - si affrettò a dire.

- Forse stavate per dire che siete rimasta sola al mondo, - sussurrò gentilmente Comstock Bell e le prese una mano senza forza, tra le sue; - e allora potrei dirlo anch'io. - Continuò con un sorriso, - voi potete constatarlo, e questo vale anche per me.

Fece una pausa, poi...

- Noi siamo sposati, giusto? - Le disse.

C'era un'espressione triste negli occhi che incontrarono i suoi.

- Me ne ricordo - si affrettò a rispondere la giovane - ma avrei preferito che non veniste sull'argomento. A questo punto dovremmo affrontare la situazione, non è vero?

Il giovane annuì rimanendo in attesa di una soluzione.

Lei si girò di fianco verso di lui, diventando molto seria. Con la mano sostenne il peso della propria testa. - Vedete, se questa fosse una fiaba noi dovremmo vivere felici e contenti e vorrei che finisse come una fiaba. Ma non significa felicità per entrambi... se le cose rimarranno così. Io non devo rovinare la vostra vita.

- Né io la vostra - la interruppe il marito.

- Questo non avrebbe molta importanza - replicò la ragazza abbozzando un sorriso. - La mia vita non sarebbe stata un gran che se mi fossi rifiutata di aiutarvi... ed era destino, che accadesse tutto questo. Vedete... - esitò, - quando mi avevate esposto i vostri progetti, io già lo sapevo.

- Sapevate cosa?

- Che mio zio fosse Willets. - Verity fissò Comstock.

- Maple è il mio cognome e lo zio Tom lo ha assunto... per i suoi buoni motivi. Ero consapevole che sarebbe stato mio dovere stare al gioco... non avrei mai potuto dirvi che eravate innocente, benché voi lo sapevate già.

- Ne ero informato - convenne pacato Comstock Bell - tuttavia mi sentivo colpevole sotto un profilo morale. Ero stato io a concepire l'idea di falsificare quella banconota. Fu una burla attuata con Willets, nel periodo in cui nacque il Circolo. Eravamo entrambi bravi disegnatori e sono stato io l'esecutore del bozzetto... avevamo cominciato per gioco e non avrei mai immaginato che la situazione sarebbe precipitata in quel modo.

L'unico suono che si sentiva nella cabina era il rumore sordo e picchiettante del motore.

- Non siamo liberi di disporre di noi stessi - affermò la ragazza dopo un attimo, - e noi dobbiamo prenderne atto.

- Il che significa che siamo obbligati a fare qualcosa di spiacevole - disse l'uomo con un sorriso. - Sarebbe facile dire "lascerò che facciate ogni cosa voi" oltrepassando ogni responsabilità. Voi sacrifichereste la vostra vita... no, no, non interrompetemi Verity... voi mi offrireste altresì una facile via di uscita... ma non sono disposto ad accettare nulla che significhi lo scioglimento del nostro matrimonio.

Verity arrossì.

- Sarebbe sbagliato andare avanti così - la ragazza mormorò a bassa voce - nel... nel modo in cui ora procede il matrimonio. Sarebbe allo stesso modo sbagliato se accettassi il vostro nome, ...la vostra fortuna, e non vi dessi alcunché, eccetto per quella sensazione confortante nel riconoscere che voi vi siete preso l'impegno.

Si mise a sedere e buttò indietro i capelli che le ricadevano sulla fronte.

- E sarebbe anche sbagliato... poiché io sono una donna capace di amare... nessun patrimonio, nessuna posizione sociale verrebbero a compensare i miei sentimenti... e supponete che negli anni a venire imparassi ad amare qualcuno?

Gettò uno sguardo su di lui.

- Prevedo anche quello - commentò l'altro, con voce dolce. - Credo proprio che col tempo imparerete ad amare qualcuno... e quel qualcuno sarò io.

Verity rimase in silenzio.

- Vi siete addossata un enorme rischio per me - proseguì Bell - siete disposta a correrne un altro... che quando giungerà l'amore sarà per vostro marito?

La ragazza alzò il capo, lo fissò negli occhi a lungo e con calore, poi tese una mano.

- Sì - rispose.

*****

Fuori, nel Mare del Nord, l'imbarcazione a motore stava lottando contro la tempesta che si faceva sempre più violenta.

La piccola nave si alzava e ricadeva dalla cresta alla base delle onde. Helder, protetto dalla cerata, con il bavero rialzato fino agli occhi, era ritto accanto al timoniere. Tiger Brown, che non aveva mai attraversato il mare in quelle condizioni, giaceva prostrato nella piccola cabina sottostante.

- È possibile un ulteriore peggioramento? - domandò l'americano sopra il boato dei marosi.

Il timoniere scosse il capo.

- Non posso dirlo - rispose. - Comunque non sarà certo una nottata piacevole.

La barca tremò mentre venne investita da una feroce ondata a poppa. Il timoniere riprese la parola.

- Dobbiamo proprio effettuare la traversata? - domandò. - Non potremmo ritornare in qualche porticciolo tranquillo e aspettare che passi questo tempaccio?

Helder non rispose e si volse all'indietro. Tremolante all'orizzonte s'intravvedeva ancora la luce giallastra di un faro costiero.

Un altro scossone al piccolo scafo e sarebbero stati sbalzati fuori. Non era un marinaio, ma si rendeva conto che, in quelle condizioni, era impossibile andare avanti. Quella tremenda esperienza marina forse era servita come avvertimento.

- D'accordo - disse. - Dove possiamo ripararci?

Il timoniere rimase pensoso per qualche minuto.

- Una soluzione sarebbe quella di risalire il Tamigi.

Helder scosse il capo.

- No - commentò - sarebbe troppo pericoloso. Se il tempo lo consentisse noi potremmo discendere la Manica, ma sarebbe pericoloso quanto il tentativo di attraversarla, e noi non abbiamo tempo. Fra quattro ore spunterà l'alba.

- Allora perché non puntare verso la zona di Clacton? - domandò il timoniere. - Ci sono una dozzina di posti dove attraccare senza dare nell'occhio.

- Prendiamoci questa occasione - rispose Helder. - Si torna indietro. Virate subito e puntate verso l'approdo che vi sembri più adatto.

Avvicinandosi alla costa, le acque si fecero meno agitate e, alle quattro del mattino, il muso dell'imbarcazione si fermò contro la striscia di sabbia che andava da Clacton a Walton. Il gruppetto scese a riva.

- Che cosa si fa della barca? - domandò Tiger Brown. Si era ripreso sufficientemente per interessarsi della cosa.

Helder restò incerto. Non intendeva perdere quella barca che rappresentava l'ultima speranza di fuga, tuttavia sapeva che, quel mattino stesso, sarebbe stata individuata dalla Guardia costiera e la Polizia avrebbe ripreso a dar loro la caccia con rinnovato vigore. Non restava quindi altra scelta che sacrificare il prezioso natante:

la poppa venne accostata alla sabbia, i motori furono azionati al massimo e, quando i quattro uomini mollarono le funi, la barca schizzò via e in breve tempo scomparve all'orizzonte.

I fuggiaschi erano bagnati fradici a causa della pioggia e della loro obbligata immersione, in quanto era stato necessario inoltrarsi con l'acqua fino alla coscia, mentre dovettero approntare l'imbarcazione per il suo ultimo viaggio. Il litorale era deserto, e non incontrarono la Guardia costiera. Il gruppetto arrivò al villaggio di Little Clacton senza incontrare qualcuno.

Lì si separarono; ciascuno aveva con sé una scorta di denaro.

- Da che parte andate - domandò Brown a Helder.

- Tornerò a Londra - gli rispose il capo - e correrò il rischio di raggiungere il Continente con un treno regolare. Voi invece potreste... - tacque di colpo... per la prima volta in vita sua non era in grado di dare consigli. I suoi stessi progetti erano così incerti, le sue probabilità di farla franca talmente esigue e inoltre era talmente preso dai suoi problemi da sentirsi scarsamente incline a pensare a quelli del prossimo.

- Non preoccupatevi per me - disse Tiger. - Penso di trovare un modo per cavarmela.

Helder lasciò i compagni nell'oscurità e si diresse verso la stazione di Clacton.

Doveva afferrare l'opportunità di prendere uno dei primi treni del mattino diretti in Europa. La fortuna era con lui, mentre stava entrando nel piazzale di smistamento, un treno merci si mise lentamente in moto.

Dovette scavalcare una siepe per accedere a quella zona vietata ai non addetti ai lavori.

Aveva gli abiti strappati e le mani, disabituate alla fatica, gli dolevano tremendamente.

Si fermò accanto al binario mentre il lungo convoglio lentamente gli si defilò davanti. Valutò la situazione... stava per approssimarsi un vagone frigorifero che aveva la porta centrale aperta essendo vuoto. Saltò sopra, si afferrò a una sbarra e si lasciò ricadere sul pavimento del vagone. Si sedette, tremando nei vestiti bagnati, cominciando a elaborare la mossa successiva.

A meno che il treno non avesse un deplorevole ritardo, sarebbe giunto a Colchester entro un'ora, in quanto, a giudicare dalla lunghezza del convoglio, sarebbero state improbabili fermate intermedie in stazioni secondarie per agganciare altri vagoni. La sua ipotesi si rivelò esatta. Dopo un tempo incalcolabile, il treno si fermò davanti a un segnale d'arresto in prossimità della stazione di Colchester. Helder scese, imboccò delle stradine fra i campi e raggiunse la cittadina. Per strada aveva incontrato soltanto un paio di operai che si recavano al lavoro. Era gelato fino alle ossa e disperato. Decise di correre il rischio di parlare con qualcuno di loro.

Osservò con attenzione finché vide un uomo, evidentemente un artigiano di prima categoria, venire verso di lui. Il lavoratore stava camminando con fare allegro, fischiettando una canzoncina, quando Helder lo bloccò.

- Scusatemi, - interloquì.

L'uomo si fermò; dalla luce diffusa da una lampada esterna apparve un cinquantenne che fissò quella figura inzaccherata e lo squadrò con sospetto.

- Volete guadagnarvi cinque sterline? - gli propose.

- Mi va - rispose l'uomo, ma senza entusiasmo.

- Ho avuto un incidente d'auto - proseguì l'americano - e ho già fatto a piedi cinque chilometri attraverso la campagna. Adesso ho bisogno di un posto per rifocillarmi e di un cambio di abiti.

L'operaio colse il tono raffinato della voce di quel signore e si fece più rispettoso.

- Qui in giro ci sono un sacco di pensioni - rispose - e potrete comperarvi dei vestiti non appena apriranno i negozi.

- Mi servono ora - incalzò Helder. - Non mi va di aspettare. Voi abitate lontano da qui?

- A circa cinque minuti, ma non è certo il posto che fa per voi.

Helder respinse l'obiezione.

- Non intendo andare in albergo - disse. - Ho i miei buoni motivi... nessuno deve sapere che sono da queste parti e qualsiasi tipo di abito mi andrà bene, purché asciutto.

Tirò fuori il portafoglio, prelevò due biglietti da cinque sterline e li porse all'uomo.

- Da questa parte, signore - gli indicò l'operaio con rispetto, scortandolo in una stradina punteggiata da modeste abitazioni. Aprì la porta di una di esse e lo fece entrare in una piccola sala.

- Vado su a parlare con mia moglie - annunciò - e vedo che cosa riesco a trovarvi.

La stanza poco riscaldata sembrava oltremodo confortevole dopo il gelo del vagone frigorifero. Di lì a poco l'uomo ridiscese con dei capi di vestiario sotto il braccio che, con molte scuse, depose su un divano dimesso.

- Mia moglie scenderà fra un attimo - disse - e vi preparerà del tè.

Uscì mentre Helder si cambiò. Era chiaro che gli aveva portato il suo abito migliore e Helder lo indossò con maggior soddisfazione che se si fosse trattato di un capo di gran sartoria. Inoltre il suo aspetto risultò totalmente cambiato e ora, al posto dell'elegante signore di città, nello specchio si rifletteva un modesto operaio con il vestito della festa. Helder declinò l'offerta del colletto che l'uomo gli stava offrendo, ma accettò volentieri una sciarpa di lana. Poi trasferì dalla tasca dei vecchi abiti tutto ciò che avrebbe potuto contribuire alla sua identificazione. Poco dopo arrivò la padrona di casa, avvolta in una modesta vestaglia, la quale gli portò del tè e accese il caminetto.

- Comprenderete -annunciò Helder rivolto all'uomo - che non desidero che parliate in giro di questa faccenda. A quest'ora dovrei trovarmi a Londra e guai se si sapesse in giro che sono da queste parti.

L'uomo annuì con l'aria di chi ha capito tutto.

- Potete fidarvi di me - gli assicurò con un sorriso di comprensione. - Che cosa devo fare dei vestiti?

- Metteteli ad asciugare e teneteveli - rispose.

L'americano bevve il tè e mangiò due fette di pane tostato che l'operaio gli aveva preparato.

Cominciò ad albeggiare. Il fuggiasco non attese che fosse giorno inoltrato per dirigersi verso la stazione. Acquistò il biglietto di un treno di pendolari diretto a Romfort e, una volta giunto in quella località, ne comprò un altro per Londra.

Per una fortunata coincidenza, il controllore non aveva obliterato il biglietto per il primo tratto di viaggio. Meglio di così...

Erano le otto in punto quando raggiunse la stazione di Liverpool Street. Le strade erano già affollate dai primi lavoratori che si recavano nelle loro aziende. Rifletté che sarebbe stato necessario restare alla larga da Londra il più possibile. Si diresse verso la zona orientale della città, trovò un negozio di confezioni e acquistò un cappotto pesante e un cappello di foggia del tutto diversa rispetto a quelli che era solito indossare.

Con un giro vizioso, che lo portò ad attraversare il fiume a Woolwich, raggiunse New Cross, la stazione Sud Orientale, dove a volte si fermavano treni locali diretti verso la costa.

Qui di nuovo venne assistito dalla fortuna. Le cose stavano procedendo più facilmente di quanto si fosse aspettato, tuttavia si sentì stanchissimo per la nottata trascorsa in bianco e così densa di avvenimenti.

Sonnecchiò fino ad Ashford e lì scese dal convoglio perché era prevista una sosta di cinque minuti. Acquistò un panino al bar e comprò il giornale.

L'edicolante glielo aveva preso da un pacco appena slegato, che evidentemente era arrivato col suo stesso treno. Helder aprì il quotidiano e la prima notizia che gli capitò sotto gli occhi lo fece impallidire.

Il titolo di testa era il seguente:

"La banda internazionale dei falsari: fuga e ritorno a Londra di Helder, il capo".

Si morse le labbra per trattenere un'esclamazione, poi cominciò a leggere.

"Scotland Yard è riuscita a smascherare gli uomini, dell'organizzazione criminale, che per anni hanno stampato e messo in circolazione banconote false di valuta U.S.A.. Ieri sera il signor Wentworth Gold, funzionario dell'Ambasciata Americana, ha scoperto la centrale di distribuzione della banda. Era situata a Cambridge Road, a circa venticinque chilometri dalla città. Il signor Gold, scortato da diversi poliziotti di Scotland Yard, è arrivato però troppo tardi per arrestare i capi dell'organizzazione che sono fuggiti in automobile.

Si è poi scoperto che i fuggiaschi avevano raggiunto il Tamigi nei pressi di Barking dove ad aspettarli c'era una veloce imbarcazione con la quale hanno puntato verso il mare aperto, facendo perdere le loro tracce.

È stata informata la Guardia costiera di Dover che subito ha dato inizio a una perlustrazione sistematica spingendosi fino a tre chilometri dalle coste della Francia e del Belgio. Tuttavia non era stata avvistata alcuna traccia dell'imbarcazione e, sulle prime, si è pensato che fosse stata inghiottita dalle onde durante la furiosa tempesta che in nottata aveva imperversato sul Mare del Nord.

Invece, fortunatamente, qualche ora più tardi il natante è stato scoperto dalla motovedetta Searcher la quale con qualche difficoltà l'ha abbordata. Con encomiabile prontezza, il comandante ne ha identificata la rotta di provenienza. Ovvero la cittadina di Clacton. Sulla spiaggia la pattuglia della guardia costiera ha trovato tracce del passaggio dei fuggiaschi, nonché un paio di occhiali appartenuti a Helder.

Per il momento i criminali non sono ancora stati trovati, sebbene la Polizia stia procedendo su una pista sicura grazie agli indizi raccolti a Colchester. Si ha motivo di credere che Helder abbia fatto ritorno a Londra allo scopo di imbarcarsi per il Continente con un servizio regolare.

Attualmente vengono accuratamente controllati tutti i passeggeri in procinto di imbarcarsi a Dover, Folkestone, Newhaven e Harwich."

Helder ripiegò con cura il giornale e se lo infilò in tasca. A quel punto procedere sarebbe stato disastroso, tornare indietro quasi altrettanto.

Mentre era impegnato in tali riflessioni, un treno diretto al nord arrivò sferragliando in stazione e si fermò presso un altro marciapiede. L'americano prese una rapida decisione. Attraversò il sottopassaggio e salì sul convoglio. Non aveva avuto il tempo di acquistare il biglietto e neppure desiderava richiamare l'attenzione sulla sua persona. Senza dubbio la Polizia sarebbe riuscita a ricostruire il suo peregrinare fino a New Cross, ma ancora una volta lui l'avrebbe giocata.

Se avesse sperato di scendere dal treno in una stazione secondaria, sarebbe rimasto deluso. Da Ashford a Londra la locomotiva corse senza fermarsi, il che l'avrebbe riportato nel cuore della città, in pasto a quegli odiosi poliziotti che senza dubbio erano appostati alla stazione. La sua unica speranza era che concentrassero la loro attenzione sui treni diretti oltre frontiera. Con un po' di fortuna sarebbe arrivato proprio nella fascia oraria di quelle partenze.

Il convoglio si fermò a Waterloo. Arrivarono i controllori per verificare i biglietti. Era la possibilità che aveva sperato. Scese dallo scompartimento e avanzò sicuro verso la sbarra dietro la quale operava l'addetto. Tirò fuori un biglietto da una sterlina.

- Non ho avuto il tempo di acquistare il biglietto ad Ashford - affermò.

Non attese il resto e andò avanti imperterrito, comportamento alquanto sconsiderato dal momento che indossava ancora gli abiti da artigiano. Si accorse dell'errore prima di arrivare allo snodo della stazione di Waterloo.

Ma quel giorno la fortuna era dalla sua parte, infatti il suo arrivo non fu notato da alcun poliziotto, benché ce ne fossero almeno una dozzina a sorvegliare quello scalo.

Servendosi della metropolitana, raggiunse Londra e proseguì fino a Highgate dove effettuò alcuni acquisti, fra i quali una valigetta e un cambio d'abito. Risalì sulla metropolitana e all'ultima stazione prese un treno diretto a Sydenham; approfittò del fatto che il vagone fosse deserto per cambiarsi d'abito e infilò i vestiti smessi nella valigetta. Fra i suoi acquisti figuravano un paio di occhiali cerchiati d'oro, che conferivano al suo aspetto una metamorfosi strabiliante.

Nel frattempo Gold era già sulle sue tracce. Dal controllore di Waterloo era venuto a sapere di quell'uomo vestito da operaio che gli aveva dato una sterlina dicendogli di tenere il resto.

Alle cinque del pomeriggio la Polizia arrestò Tiger Brown a Brentford, ad ovest di Londra. Come avesse fatto a raggiungere tale località, non è poi così di grande importanza. Da lui non riuscirono a farsi dire sul conto di Helder più di quanto già non sapessero. Era impossibile seguirne gli ultimi movimenti.

- Ha talmente girato e rigirato in modo perverso Londra, - aveva esclamato Gold, - che, io sia dannato, se verremo mai a sapere dove lo potremmo rivedere.

Nel frattempo Helder si stava allontanando sempre di più dalla metropoli seguendo un percorso a zig-zag; aveva raggiunto Reading servendosi di una linea ferroviaria secondaria e da lì si era portato a Fishguard in tempo per prendere la nave per l'Irlanda. Nessuno lo vide imbarcarsi benché sul molo ci fossero due uomini di Scotland Yard.

Tuttavia la dea bendata, che fino a quel momento lo aveva favorito in tale misura, era pronta a giocare la sua carta più crudele e la storia dell'arresto di Helder era destinata a passare alla storia come uno dei più emblematici casi di "scherzi del destino".

Gold venne svegliato all'alba da un telegramma dell'ispettore che aveva in gestione il caso. Il testo era laconico:

" Helder arrestato in Queenstown"

Gold prese il primo treno del mattino, attraversò il canale d'Irlanda e raggiunse poi la piccola Centrale di Polizia che si affacciava proprio sul porto. Trovò Helder in prigione, con l'espressione tanto indifferente da rasentare quasi l'insolenza.

- Bene, Gold - commentò. - Mi avete preso.

L'investigatore annuì.

- Sì - rispose - Vi siete dato da fare comunque.

Il giovane americano si lasciò sfuggire una risata amara. - Vi hanno riferito come sono riusciti ad arrestarmi? - domandò.

- No - rispose Gold alquanto sorpreso dal momento che nessuno l'aveva informato in proposito e ciò che colpì la sua curiosità fu che il prigioniero mostrasse interesse riguardo alla questione, come se valesse la pena parlarne.

Helder scoppiò di nuovo a ridere, con la schiena appoggiata al muro ed entrambi i pollici infilati nella tasca del giubbino.

- Mi ero recato in un'agenzia di viaggi ad acquistare un biglietto per l'America - disse. - Avevo pagato con due biglietti da cinque sterline e non mi ero neppure accorto che il cassiere si era eclissato con la scusa di andare a prendere il resto. Alcuni minuti dopo è arrivato un poliziotto e mi sono ritrovato con le manette.

- Vi avranno riconosciuto - commentò Gold.

Sul viso del prigioniero si dipinse un sorriso tragico.

- No, non mi hanno riconosciuto - spiegò quasi scandendo le parole. - Purtroppo i due biglietti di banca con cui ho pagato erano spudoratamente falsi.

Gold aggrottò la fronte stupito.

- Ma se non avete mai contraffatto banconote da cinque sterline! - esclamò.

Helder scosse il capo.

- Ecco lo scherzo maledetto - mormorò. - Erano falsi, prodotti da qualcun altro... il quale me li ha rifilati...

Capitolo XXII
La fine

La signora Bell stava facendo colazione sulla spaziosa terrazza dell'Hotel Cecil. Davanti a lei, un'imponente massa grigiastra, indistinta, troneggiava oltre la costa berbera: la rocca di Gibilterra; a sinistra la distesa ondulata delle colline spagnole; a sinistra appena dietro, il bianco guazzabuglio di Tangeri, un esile minareto verde sorgeva dal piacevole caos di bianco e di blu. Le giunse il mormorio della città che si era risvegliata recando con sé un po' di eccitazione.

Tangeri era talmente vitale, così virile, così misteriosa, così antica... era come una piazza dell'Antico Testamento, però illuminata dall'elettricità, un frammento di Babilonia, se voi riuscite ad immaginare Babilonia con pubblicità di assenzio appese sulle pareti dei palazzi.

Il mare immoto era di un splendido blu. Lontano all'orizzonte una grande nave a vapore, con lo scafo reclinato, si stava dirigendo verso ovest, attraverso lo Stretto. Il tenue profumo della mimosa stava provenendo, in sbuffi, da una siepe dorata accanto a lei.

La ragazza era sola sulla terrazza, ma la tavola era apparecchiata per due. Terminata la colazione, oziosamente le sue dita cominciarono a giocherellare con un pezzettino di pane tostato.

La sua felicità era pressoché completa. Per tre mesi aveva vissuto una vita come lei si era immaginata nei suoi momenti più esaltanti. Le città del mondo, che per lei erano esistite solamente nelle immagini e nelle descrizioni, erano diventate una realtà.

I suoi piedi avevano calpestato i pavimenti del Prado, si erano posati dove Cesare si soffermava in Roma, erano saliti sulle scoscese colline alla Puerta del Sol in Toledo, avevano camminato sotto il Monte Bianco, avevano superato le ombreggiate pavimentazioni di Vienna.

Era totalmente felice, disse a se stessa, però d'istinto mantenne una riserva. Che cosa fosse quella riserva non era in grado di tradurlo in parole, non riusciva a darle una forma nella sua mente. C'era una piccola ombra.

Alle sue spalle arrivò un rumore di passi. Si voltò e vide il marito.

- Salve, come sei mattiniera! - le disse.

Verity gli rivolse un sorriso di benvenuto, e lui le prese la mano. Si sedette dall'altra parte del tavolo.

- Ho ordinato che la colazione mi fosse portata soltanto quando fossi arrivato, - la informò - ma non ho quell'appetito che dovrei avere.

Uno sguardo allarmato apparve negli occhi della giovane.

- Sei malato? - chiese ansiosa.

Lui sorrise con indulgenza. - Oh, no, non sono malato!

- Il portiere mi ha riferito, - la ragazza alzò il tono, parlando troppo in fretta, quasi in modo incoerente, - che c'è stata un'epidemia di tifo in Tangeri. Non pensi che sarebbe meglio andarcene? Potrei preparare i miei bagagli in tempo per salire sulla nave...

Il giovane scosse la testa con fare allegro.

- Per favore non preoccuparti, non c'è motivo. Veramente.

- Non riuscirei a vederti ammalato qui, - e scosse il capo carica di dubbi. - Potremmo velocemente andare a Cadice e poi trasferirci a Parigi.

- Ti assicuro... - stava per continuare ma si bloccò e prese un tono cupo. - Tifo in Tangeri, - ripeté le parole della ragazza - per Giove, è grave. - La vide andare in panico. - Penso che ce ne andremo, - confermò - non vale correre un rischio; non mi perdonerei mai se ti ammalassi.

Lei scoppiò in una risata squillante, interrompendolo. Lui aveva visto l'umorismo della situazione adeguandosi con lo scherzo.

- Suppongo, che se uno si mettesse a cercare troverebbe epidemie di tifo ovunque, - replicò.

Comstock Bell si sedette al tavolo e cominciò a dividere la pila di lettere che lo stava aspettando. Ne aprì una. Era la sciolta scrittura autografa di Wentworth Gold. La esaminò ansiosamente.

- Novità? - domandò Verity.

- Niente di importante - rispose Bell - ma è strano che Gold, il meno romantico degli uomini, attribuisca la morte di Helder a un attacco di crepacuore.

- Poveretto! - esclamò Verity.

Egli spinse indietro la sua sedia e fissò in modo assente la gialla striscia di sabbia.

- In effetti era un poco di buono - proseguì Bell - ma chi può conoscere le tentazioni alle quali è sottoposto un uomo così ambizioso e senza appoggi? Posso perdonargli molte cose; nella mia mente la sua attività di falsario era la minore delle sue colpe.

La ragazza rimase silenziosa, intuendo che la memoria del marito fosse tornata al giorno in cui, nell'ufficio di Helder, lui le aveva parlato per la prima volta.

- Nessun'altra lettera? - domandò dopo qualche momento.

Il marito depose il foglio, fece una rapida ricerca tra le altre buste e terminò con un sorriso.

- Ordinaria amministrazione - rispose impassibile. - È buffo come le persone vogliano che tu sia sempre felice a modo loro, e quando rilevano la tua felicità, la immaginano sotto condizioni completamente differenti da quelle che ti fanno star bene.

La ragazza alzò gli occhi rapidamente per poi riabbassarli.

- Tu sei completamente felice, vero? - Chiese in tono pacato.

- Completamente - rispose Bell. Non ci fu esitazione o dubbio nella sua voce, ma non c'era oltremodo profondità nel tono, né più né meno. La parola "completamente" era solamente una parola pronunciata senza enfasi ma anche senza esitazione. Essa né implicava perfezione nella felicità, né suggeriva qualcosa d'altro all'opposto.

- Sei felice per quanto te lo saresti aspettato? - Lei stava giocando col fuoco e lo sapeva, ed era nondimeno felice nel rischio che si era presa.

- Di più - rispose l'uomo.

Abbassò lo sguardo, pensieroso, si alzò e andò ad appoggiarsi al parapetto.

- Molto più di ciò che mai mi sarei aspettato... tu invece mi sembri un po' turbata. - Aggiunse in fretta.

Lei gli sorrise.

- No, benché talvolta mi preoccupi abbastanza del futuro. Ho scrupoli di coscienza. A volte ho l'impressione di frappormi fra te e la parte migliore della tua vita.

- Sei tu la parte migliore della mia vita - sussurrò. - Qualsiasi cosa il futuro ci riservi, resta una certezza. È così facile volerti bene, Verity.

Le parole erano molto semplici, ma nel suo tono c'era sincerità, al di là di ogni dubbio.

La giovane arrossì e si portò alle labbra la tazzina del caffè nell'eroico tentativo di dissimulare la sua agitazione.

- Un giorno o l'altro negli anni a venire - proseguì Bell - l'amore ti conquisterà. Vale la pena di aspettare...

- Supponiamo, - Verity timidamente lo interruppe, - supponiamo che non arrivi mai. È giusto, per me, dipendere così tanto da tale evento?

- Se non dovesse arrivare, qualcos'altro ugualmente prezioso lo sostituirà.

Lei rimase in silenzio per un paio di minuti. Stava seduta fissando dall'alto la tazza. Poi iniziò a rigirarla senza uno scopo.

- Supponi, - mormorò, senza alzare gli occhi, - che quel giorno arrivasse, supponilo!

Lui annuì.

- Ipotizziamo che ci sia tra noi, come dovrebbe essere, tale amore... il vero amore, vissuto e cresciuto in ciascuno dei nostri cuori... ci sposteremmo per un altro viaggio come questo, lontano dal mondo e dalle persone, solo tu ed io?

L'uomo non si affidò alla parola, annuì ancora.

Il volteggio della tazzina divenne ancor più rapido, più frenetico, appena lei riprese a parlare.

- È una prospettiva molto allettante - sussurrò. - Tutto quel viaggio, ricco d'amore, ripetuto ancora. Appena ci ristabiliremo in Inghilterra sarò sicuramente infervorata dall'attesa.

La tazzina cadde sulle mattonelle del pavimento della terrazza e si ruppe in un centinaio di pezzi. Lei si mise a ridere, alzandosi in tutta fretta. Si rivolse al marito.

- Ma io non ho intenzione di aspettare... - esclamò.

INDICE

Finito di stampare nel 2014
presso «La Tipografica Varese S.p.A.»
Varese - Italia